文春文庫

秋山久蔵御用控

花始末

藤井邦夫

文藝春秋

目次

「秋山久蔵御用控」江戸略地図

実際の縮尺とは異なります

日本橋を南に渡り、日本橋通りを進むと京橋に出る。京橋は八丁堀に架かっており、尚も南に新両替町、銀座町と進み、四丁目の角を右手に曲がると外堀の数寄屋河岸に出る。そこに架かっているのが数寄屋橋御門であり、渡ると南町奉行所があった。南町奉行所には〝剃刀久蔵〟と呼ばれ、悪人を震え上がらせる一人の与力がいた……

秋山久蔵御用控・登場人物

秋山久蔵（あきやまきゅうぞう）
南町奉行所吟味方与力。〝剃刀久蔵〟と称され、悪人たちに恐れられている。何者にも媚びへつらわず、自分のやり方で正義を貫く。「町奉行所の役人は、お奉行の為に働いてるんじゃあねえ、江戸八百八町で真面目に暮らしてる庶民の為に働いているんだ。違うかい」（久蔵の言葉）。心形刀流の使い手。普段は温和な人物だが、悪党に対しては、情け無用の冷酷さを秘めている。

弥平次（やへいじ）
柳橋の弥平次。秋山久蔵から手札を貰う岡っ引。柳橋の船宿『笹舟』の主人でもある。〝柳橋の親分〟と呼ばれる。若い頃は、江戸の裏社会に通じた遊び人。

神崎和馬（かんざきかずま）

南町奉行所定町廻り同心。秋山久蔵の部下。二十歳過ぎの若者。

稲垣源十郎（いながきげんじゅうろう）

南町奉行所定町廻り筆頭同心。

蛭子市兵衛（えびすいちべえ）

南町奉行所臨時廻り同心。久蔵からその探索能力を高く評価されている人物。妻が下男と逃げてから他人との接触を出来るだけ断っている。凧作りの名人で凧職人として生きていけるほどの腕前。

白縫半兵衛（しらぬいはんべえ）

北町奉行所の老練な臨時廻り同心。〝知らぬ顔の半兵衛さん〟と称される。〝南の久蔵〟〝北の半兵衛〟とも呼ばれ、一目置かれる人物。

香織（かおり）

久蔵の亡き妻・雪乃の腹違いの妹。

与平、お福（よへい、おふく）

親の代からの秋山家の奉公人。

幸吉（こうきち）

弥平次の下っ引。

長八、寅吉、直助、雲海坊、由松、勇次（ちょうはち、とらきち、なおすけ、うんかいぼう、よしまつ、ゆうじ）

夜鳴蕎麦屋の長八、鋳掛屋の寅吉、飴売りの直助、托鉢坊主の雲海坊、しゃぼん玉売りの由松、船頭の勇次。弥平次の手先として働くものたち。

伝八（でんぱち）

船頭。『笹舟』一番の手練。

おまき
弥平次の女房。『笹舟』の女将。

お糸（おいと）
弥平次、おまき夫婦の養女。

秋山久蔵御用控

花始末

第一章

始末人

一

皐月《さつき》――五月。

『皐月』の語源は、田畑に早苗《さなえ》を植える月〝サナエツキ（早苗月）〟の略の他、雨の多い月で〝サメツキ（雨月）〟、又は夜が短い月として〝サヨツキ（狭夜月）〟などからきているとされている。

五月五日、端午《たんご》の節句が終わった。

神田川は日差しに煌《きら》めき、様々な船が長閑《のどか》に行き交っていた。

南町奉行所定町廻《じょうまちまわ》り同心大沢欽之助《おおさわきんのすけ》は、神田川に架かる昌平橋《しょうへいばし》を渡って筋違御門《すじかいごもん》前の八ツ小路《やつこうじ》を抜け、日本橋に続く神田須田町《すだちょう》の大通りを進んでいた。

大通りの左右には様々な店が軒を連ね、行き交う人々で賑《にぎ》わっていた。

大沢欽之助は、湯島《ゆしま》で人と逢って南町奉行所に戻るところだった。賑わいを進んできた大沢は、怪訝《けげん》な顔で立ち止まって首筋に手をやった。

刹那《せつな》、大沢の首筋から赤い血が噴出した。

行き交う人々が驚き、悲鳴をあげた。

大沢は、己の手に着いた血を茫然《ぼうぜん》と見詰めた。そして次の瞬間、顔を激しく歪《ゆが》め、首から血を振りまいて棒のように倒れた。

南町奉行所吟味《ぎんみ》方与《がたよ》力《りき》秋山久蔵《あきやまきゅうぞう》は、用部屋で溜《た》まった書類を片付けていた。

廊下を来る足音がした。足音は、静かだが微《かす》かな動揺を窺《うかが》わせていた。

異変……。

久蔵の直感が囁《ささや》いた。

足音は用部屋の前に止まった。

「秋山さま……」

筆頭同心稲垣源十郎《いながきげんじゅうろう》の声は、僅《わず》かにかすれていた。

「おう、入ってくれ」

稲垣が障子を開け、厳しい顔を見せた。

「どうしたい」

久蔵は眉を顰《ひそ》めた。

「定町廻りの大沢欽之助が、何者かによって殺されました」

稲垣は顔を僅かに赤く染め、怒気を含んだ声音《こわね》で告げた。

「大沢が……」

久蔵は思わず聞き返した。

大沢欽之助の遺体は、板の間に敷かれた筵《むしろ》の上に横たえられていた。

久蔵は、稲垣源十郎や駆け付けた臨時廻り同心蛭子《えびす》市兵衛《いちべえ》と遺体を検《あらた》めた。

大沢欽之助は、首の血脈を剃刀《かみそり》のような鋭利な刃物で斬り裂かれていた。

「神田須田町の往来を歩いていて、いきなり倒れたとなると、擦れ違いざまか追い抜きざま。いずれにしろ……」

市兵衛は、大沢が襲われた時の様子を思い描いた。

「殺しの玄人《くろうと》か」

「きっと……」

市兵衛は厳しい顔で頷《うなず》いた。

稲垣は満面に怒りを浮かべた。

「おのれ……」

「稲垣、大沢を殺《や》った奴に心当たりは」

「ありませんが、大沢はこんな物を懐《ふところ》に入れていましたよ」

稲垣は、封の切っていない切り餅《きもち》を見せた。

「封を切っちゃあいねえところを見ると、手に入れたばかりか」

訳ありの金……。

久蔵はそう睨《にら》んだ。

「稲垣さん。大沢、切り餅一つ二十五両の大金をくれるような金持ちに知り合いいましたかね」

「知らぬ」

稲垣は、不機嫌な顔を市兵衛に向けた。

「稲垣、大沢は今、何を調べていたんだ」

「浜松町《はままつちょう》の町医者瀬川順庵《せがわじゅんあん》殺しを……」

それは十日前、浜松町に住む町医者瀬川順庵が、往診に呼び出されて何者かに殺された事件だった。

「その瀬川順庵殺しの手口も玄人なのか」

「いいえ、袈裟懸《けさがけ》の一太刀《ひとたち》と……」

「そうか……」

「いずれにしろ、殺しの玄人の洗い出しを急ぐしかありますまい」

「うむ。稲垣、そいつはお前に任せるぜ」

「はい」

「秋山さま、大沢は日本橋に向かっていたそうですが、何処《どこ》に行っていたのですかね」

「その辺の事は、和馬《かずま》が柳橋《やなぎばし》の弥平次《やへいじ》と調べ始めた筈《はず》だ。市兵衛、お前は大沢が扱っていた瀬川順庵殺しだ」

「瀬川順庵殺しですか……」

「ああ。大沢、順庵殺しに絡んで殺されたのかもしれねえ」

「心得ました」

久蔵は小者《こもの》を呼び、大沢欽之助の死体を清めさせた。

南町奉行の荒尾但馬守《あらおたじまのかみ》は、大沢が殺された事に戸惑いながらも奉行所の威光を守るべく、久蔵に下手人《げしゆにん》の速やかな捕縛を命じた。

隅田川は二十八日の川開きが近付き、華やかさを漂わせていた。川開きは、公儀から納涼の許された初日であり、両国では花火が打ち上げられる。

柳橋の船宿『笹舟《ささぶね》』の女将《おかみ》おまきと養女のお糸《いと》は、奉公人たちと川開きを迎える仕度に忙しく働いていた。『笹舟』の主《あるじ》で岡っ引の弥平次は、南町奉行所定町廻り同心神崎《かんざき》和馬と、大沢欽之助の足取りを追っていた。

柳橋の弥平次は、大沢が死んだ往来から八ツ小路、筋違御門や昌平橋、神田川周囲に配下の者たちを走らせた。

下っ引の幸吉《こうきち》、飴《あめ》売りの直助《なおすけ》、托鉢坊主《たくはつぼうず》の雲海坊《うんかいぼう》、しゃぼん玉売りの由松《よしまつ》たちは、大沢の痕跡《こんせき》を探し廻った。だが、大沢の痕跡は容易に見つけられなかった。

岡っ引の神明《しんめい》の平七《へいしち》が、下っ引の庄太《しょうた》を連れて南町奉行所に駆け付けて来た。

芝口《しばぐち》や宇田川町《うだがわちょう》、愛宕下《あたごした》一帯を縄張りにする平七は、大沢と共に浜松町の町医者瀬川順庵殺しを探索していた。

平七は大沢の遺体に手を合わせ、蛭子市兵衛の前に出た。

「で、平七。瀬川順庵殺し、どうなっているんだ」

「はい。順庵先生は袈裟懸の一太刀。下手人はお武家と睨んで探索を進め、ようやく怪しいお侍が浮かんだところにございます」

「何処の誰だい」

「奥州一関藩《いちのせきはん》の田村《たむら》右京太夫《うきょうだゆう》さま御家中の伊丹《いたみ》倉之助《くらのすけ》と仰《おっしゃ》る方で……」

「大名の家来かい」

市兵衛は眉を顰めた。

「はい。何かと面倒でして……」

大名家の家臣は、町奉行所の支配違いであり、同心や岡っ引の手の出せる相手ではない。

平七はそれを匂わせた。

「だろうねえ。で、殺された大沢も伊丹倉之助の事は知っていたんだね」

「勿論《もちろん》です。それで、あっしに確かな証拠を探し出せと……」

平七は頷いた。

「蛭子の旦那。大沢の旦那は、順庵先生殺しに絡んで殺されたのですか」

「まだ決め付けられないが、何らかの関わりはあると思うよ」

「そうですか……」

「それで平七、大沢は神田須田町の往来で殺されたんだが、何処に行っていたのか分かるかい」

「さあ。今のところ、日本橋の向こうには、順庵先生殺しに関わりのある者や場所はありませんが……」

「順庵殺しに関わりがないとなれば、私用で行ったって事かな」

「かも知れませんね……」

「よし、とにかく平七、順庵殺しは私が受け継ぐ。浜松町の現場に案内して貰《もら》おうか」

市兵衛は平七と庄太を従え、浜松町に向かった。

大沢欽之助殺しの手口は、剃刀などの鋭利な刃物で首の血脈を斬り裂くものだ。

おそらく下手人は、雑踏《ざっとう》に紛れて大沢に近付き、剃刀を振るったのだ。それは、的確な一瞬の早業であり、人殺しを生業《なりわい》にしている者の仕業《しわざ》と云えた。

江戸の裏町には、金を貰って人を殺す闇の始末屋と呼ばれる者たちがいた。

闇の始末屋たちは、毎日を普通に暮らしており、束ねている元締の指示で密かに人を殺して大金の報酬を貰っていた。

金さえ貰えば、善人でも悪人でも殺す。

それが闇の始末屋の掟《おきて》だった。

大沢はその闇の始末屋に殺された。

それは、何者かが大沢殺しを闇の始末屋に頼んだのだ。つまり大沢は、殺されるほどの恨みを買っていたのに他ならない。

久蔵は稲垣源十郎を呼んだ。

「どうだ……」

「剃刀で首の血脈を斬る手口の殺し、今までに二件ありました」

「二件……」

「ええ。しかも、二件とも相手は武士。他に殺された者がいたとしても、武士なら殺されたのを表沙汰《おもてざた》にせずにいるものかと……」

「始末屋に殺されるのは武士の恥辱。体面を考えて内密に済ませているって訳かい」

久蔵は苦笑した。

「おそらく……」

「いずれにしろ、侍相手の始末屋となると、かなりの使い手だな」

「ええ。今、手の者たちに剃刀を使う始末屋の割り出しを急がせています」

稲垣は江戸の裏町に顔の利く手先たちを使い、剃刀を使う始末屋を追っていた。

「よし、俺も当たってみるぜ」

去年の暮れ、久蔵は心形刀流《しんぎようとうりゆう》の弟弟子の妻敵討《めがたきう》ちを密かに手伝った。その時、弟弟子は神田の口入屋《くちいれや》の用心棒をしていた。口入屋は闇の始末屋の元締の座を狙い、浅草の香具師《やし》の親方と殺し合いを繰り広げた。だが、口入屋は、久蔵と稲垣の捕物出役で叩き潰されたのだ。

「浅草の聖天《しようでん》一家ですか……」

稲垣は久蔵の腹を読んだ。

聖天一家の親方は、浅草一帯の香具師を仕切り、始末屋が裏稼業だとされていた。だが、神田の口入屋との抗争によってその地位を失った。以来、聖天一家は、香具師の仕切り役でしかなくなっていた。

「ああ。あの辺りに火を付けると、煙がどう流れるかだ」

久蔵は聖天一家をつつき、始末屋の出方を見ようと企てた。

三縁山増上寺《さんえんざんぞうじようじ》は浄土宗の総本山であり、徳川家の菩提寺《ぼだいじ》である。その増上寺の大門を出たところに飯倉神明宮《いいくらしんめいぐう》があり、門前町に『鶴《つる》や』という茶店がある。

『鶴や』は、岡っ引神明の平七の女房お袖《そで》が営む茶店だった。そして、東海道に出たところが、殺された町医者瀬川順庵の住む浜松町だった。

市兵衛は、平七の案内で赤羽川《あかばねがわ》に架かる将監橋《しょうげんばし》を渡ったところにある空き地に向かった。

空き地は赤羽川に沿って続いている。

「順庵先生は、ここで斬られて死んでいました」

平七は、将監橋を渡ってすぐの空き地を示した。

市兵衛は順庵が死んでいた場所に佇《たたず》み、辺りを見廻した。

北に赤羽川、南と西に大名の江戸屋敷が甍《いらか》を連ね、東には東海道、そして海が広がっている。

「順庵先生は夜中に急病人の往診を頼まれ、出掛けて来たところを襲われたようです」

「往診を頼んできたのは、誰だい」

「それが、この先にある米屋の下男だと名乗ったそうですが、そんな男はおりませんでした」

「じゃあ、米屋の下男に化けて誘い出し、待ち構えていた侍が袈裟懸に斬ったってところかい」

「おそらく。それでいろいろ調べたところ、あの日の夜中、愛宕下大名小路《だいみようこうじ》に江戸上屋敷を構えている一関藩御家中の伊丹倉之助ってお侍が、将監橋にいたのが分かりましてね」

「それで今、裏を取っているのかい……」

「はい。大沢の旦那も間違いないだろうと仰いましてね」

「それにしても平七、伊丹が下手人だとしたら、どうして順庵を斬ったんだい」

「そいつはまだ……」

平七は眉を曇らせた。

「夜中に誘い出しての殺し、理由がない訳はない。大沢、その辺をどう云っていた」

「そいつが……」

平七は言葉を濁した。

「平七、余計な気遣いは無用だよ」

市兵衛は話を促した。

「はい。大沢の旦那はあっしが尋ねると、いろいろあるんだろうと笑うだけでした」

「いろいろあるんだろう、か……」

そして、大沢は笑ったという。

「大沢、順庵殺しの理由に気が付いたのかもしれないな」

「蛭子の旦那、実はあっしもそうじゃあないかと……」

平七は、真剣な眼差《まなざ》しを市兵衛に向けた。

「うん……」

大沢は順庵殺しの理由に気がつき、平七にも教えずに行動をしたのだ。そして、殺しの玄人に殺された……。

市兵衛の睨みに平七は頷いた。

将監橋の架かる赤羽川の川面《かわも》には、通る船も風もないのに小波《さざなみ》が走った。

托鉢坊主の雲海坊は、神田明神境内の茶店で大沢欽之助の足取りをようやくつかんだ。

茶店の主が、大沢が神田明神の門前を通って行くのを目撃していたのだ。

「で、大沢さん、どっちに行ったのだ」

和馬は身を乗り出した。

「茶店の親父の話じゃあ、湯島天神の方に行ったと云っています」

雲海坊は和馬と弥平次に告げた。

「湯島天神か……」

「あるいは不忍池《しのばずのいけ》……」

弥平次の眼が、獲物に近付いた鋭さを見せた。

おそらく大沢は、湯島天神か不忍池界隈《かいわい》で誰かと逢い、切り餅を渡されたのかも知れない。

和馬は弥平次と相談し、聞き込みを湯島天神と不忍池一帯に集中した。


大沢欽之助の遺体は、家族と久蔵以下の南町奉行所の仲間に見送られて菩提寺に葬られた。久蔵の義妹の香織《かおり》は、下男の与平《よへい》お福《ふく》夫婦と大沢の棺《ひつぎ》を八丁堀《はっちょうぼり》組屋敷で見送った。

久蔵と稲垣は大沢の妻に逢い、大沢の死に関して心当たりがないかを尋ねた。

だが、大沢の妻に心当たりはなく、幼い子供を抱いて泣くばかりだった。

久蔵は、大沢欽之助の死を役目中の事とし、幼い子供が家督相続をできるように手続きをした。

金龍山浅草寺雷門前《きんりゆうざんせんそうじかみなりもん》を隅田川に進むと吾妻橋《あづまばし》に出る。その手前の花川戸町《はなかわどちよう》を北に曲がり、隅田川沿いに行くと浅草聖天町になる。

聖天町の片隅に香具師を仕切る『聖天一家』があった。

香具師は〃てきや〃とも云い、縁日・祭礼などで見世物を興行し、様々の品物を売るのを生業にする者たちである。

聖天一家は、親方の長兵衛《ちようべえ》を去年の暮れに殺されて以来、裏稼業の始末屋から手を引いたとされている。

網代笠《あじろがさ》に着流しの侍が、聖天一家の土間に立った。

「なんだい、お侍……」

掃除をしていた聖天一家の若い衆が、精一杯に凄んでみせた。

「与市《よいち》、いるかい……」

「与市だと……」

若い衆の富松《とみまつ》が眉を顰めた。

「ああ、代貸《だいがし》の与市だよ」

「代貸の与市、ひょっとしたら親方の事かな」

「親方……」

「ああ。与兵衛《よへえ》親方だ」

「そうかもしれねえ。その与兵衛の親方に南町の秋山が来たと伝えてくれ」

「南町の秋山……」

「ああ、早く取り次ぎな」

「富松、それには及ばねえ……」

奥から出て来た与兵衛が框《かまち》に座り、膝を揃えて両手をついた。

「南の御番所の秋山久蔵さまにございますか」

「ああ……」

久蔵は網代笠を取った。

「剃刀久蔵……」

富松は久蔵の噂を聞いているらしく、思わず恐ろしげに呟《つぶや》いた。

「富松」

与兵衛が厳しく窘《たしな》めた。

「躾《しつ》けが行き届いていなくて御無礼致しました。聖天の与兵衛、与市にございます。まあ、おあがり下さい」

「造作《ぞうさ》を掛けるな」

久蔵は与兵衛に続いた。

座敷に落ち着いた久蔵は、出された茶を静かに飲んだ。

「先代長兵衛の件では、お世話になりました」

聖天一家の先代の親方長兵衛は、神田の口入屋『明神屋《みようじんや》』の主富五郎《とみごろう》の刺客に首を斬り飛ばされた。代貸だった与市は、富五郎と手打ちをし、聖天一家の跡目を継いだ。

「いいや。それより与市。いや、与兵衛、今日来たのは他でもねえ」

「大沢の旦那の一件にございますか……」

与兵衛は鋭い眼差しを向けた。

「流石《さすが》は聖天一家の親方だ。話は耳に入っているとみえる」

久蔵は苦笑した。

「そりゃあもう、始末屋からは手を引きましたが、話はいろいろと……」

与兵衛は油断なく笑った。

「で、剃刀を使う始末屋に心当たりはあるかな」

「噂だけは……」

「聞かせて貰おう」

「何処の始末屋の者かは知りませんが、表稼業は髪結《かみゆい》だとか……」

「髪結……」

「へい。髪結なら剃刀を扱うのは玄人。もっとも秋山さまほどじゃあないでしょうがね」

久蔵と与兵衛は、声を洩《も》らさずに笑った。

「そして、女じゃあねえかと云う噂も……」

「女……」

「へい……」

髪結は男だけではない。女髪結も大勢いる。

大沢を殺した始末屋の表稼業が髪結ならば、女であっても不思議はない。

女の始末屋……。

久蔵は、意外な成り行きに緊張した。

二

芝増上寺の北隣、愛宕下大名小路には将軍家剣術指南役で名高い柳生対馬守《やぎゅうつしまのかみ》を始めとした中小の大名家の江戸屋敷が連なっていた。

奥州一関藩田村右京太夫の江戸上屋敷は、その大名小路にあった。

町医者瀬川順庵を斬ったと思われる伊丹倉之助は、一関藩江戸詰藩士として上屋敷の長屋で暮らしていた。

蛭子市兵衛と神明の平七は、一関藩江戸上屋敷を監視して伊丹倉之助の現れるのを待った。

大名小路は武家地であり、町奉行所の支配違いである。そして、大名家とその家臣たちにも町奉行所の捜査権は及ばない。それは屋敷の敷地内も同じであり、どのような犯罪者が逃げ込もうとも町奉行所は踏み込めないのである。

市兵衛たちは、殺された大沢欽之助がどう動いたのか分からない限り、下手な接触は出来なかった。

「伊丹倉之助、現れませんね……」

平七は微かな焦《じ》れを見せた。

「ま、のんびりやるさ……」

市兵衛は苦笑した。

「親分、旦那……」

裏門を見張っていた下っ引の庄太が、怪訝な面持《おもも》ちで駆け寄って来た。

「どうした」

「へい。出入りの菓子屋に聞いたんですがね。このところ、伊丹倉之助さまの姿、とんと見掛けねえと……」

出入りの菓子屋は、十日おきに屋敷に菓子を売りに来ていた。

「伊丹、甘い物が好きだったのかい」

「それほどじゃあなかったそうですが、時々買っていたそうでして……」

その伊丹倉之助が、買いに現れなくなった。

「旦那……」

平七は眉を顰めた。

「うん。ひょっとしたら伊丹倉之助、上屋敷にはいないのかもしれないね」

「って事は……」

伊丹倉之助は、順庵殺しのほとぼりが冷めるまで、身を隠したのかも知れない。仮にそうだとしたなら、それは一関藩の江戸家老や留守居役《るすいやく》たち重臣も知っての事となる。

「順庵先生殺しには、一関藩も……」

関わっている……。

平七の血相が変わった。

「ま、とにかく伊丹倉之助が本当にいないのかどうか、確かめてからだよ」

市兵衛は、答えを急ぐ平七を落ち着かせた。

「はい……」

「よし。平七、お喋《しゃべ》りの好きな中間《ちゅうげん》を捜すんだね」

「承知しました」

平七は勇んだ。

一関藩が伊丹倉之助を隠したのなら、大沢欽之助の探索を恐れての事に他ならない。そして、それは大沢が一関藩と何らかの接触をした事を意味する。

市兵衛は、大沢の探索が気になった。

和馬と柳橋の弥平次たちは、大沢欽之助の足取りを追い続けた。

幸吉や直助、雲海坊、由松たちの探索にもかかわらず、神田明神や湯島天神の門前町、不忍池界隈の料理屋や茶屋に、大沢欽之助が現れた形跡をつかむ事は出来なかった。

和馬と弥平次は、不忍池の畔《ほとり》にある蕎麦屋《そばや》で腹ごしらえをしていた。

「親分、大沢さん、本当に料理屋や茶屋で人に逢っていたのかな」

和馬は疲れた顔に苛立《いらだ》ちを浮かべ、音を立てて蕎麦を啜《すす》った。

「和馬の旦那、焦っちゃあなりませんよ」

弥平次は苦笑し、和馬を諫《いさ》めた。

「でもなあ親分……」

和馬は愚痴《ぐち》を零《こぼ》した。

弥平次は辛抱強く和馬の愚痴を聞き、励ました。愚痴は、弥平次に対する和馬の甘えに過ぎない。

「こいつは町奉行所の同心の旦那殺し。一筋縄でいく事件じゃありません。焦らず、確実に探索していくのが肝心です」

「そいつは分かっているさ」

「分かっていたら、余りじたばたしちゃあいけませんよ」

弥平次は苦笑し、和馬を冷たく一瞥《いちべつ》した。

和馬は我に返った。

「親分、俺、じたばたしているかな」

「ええ。立派にじたばたしていますよ。みっともねえぐらいにね」

弥平次は突き放した。

「すまん、親分……」

和馬は蕎麦を食べる箸《はし》を置き、弥平次に素直に詫《わ》びた。

「親分……」

幸吉が飛び込んで来た。

「分かったか」

「はい。ようやく……」

幸吉は息を整えた。

「大沢さん、何処にいた」

和馬が身を乗り出した。

「湯島天神境内の茶店です」

「誰かと逢っていたのか」

「はい。年寄りと逢っていたそうです」

大沢欽之助は殺された日、湯島天神境内の茶店で年寄りと逢っていた。

「よし。旦那と俺は茶店に行く。幸吉、直助たちを笹舟に集めてくれ」

「合点です」

和馬と弥平次は、蕎麦屋の表で幸吉と別れ湯島天神に急いだ。幸吉は聞き込みに廻っている直助、雲海坊、由松を呼びに走った。

湯島天神は、〝学問の神様〟とされる菅原道真《すがわらのみちざね》を祀《まつ》り、梅の名所として名高かった。

「境内の茶店とはな……」

「木を隠すには森が一番、私たちが考え過ぎたってところですかね」

和馬と弥平次は、大沢欽之助が切り餅を所持していたところから、人目を避けて料理屋か茶屋で何者かに逢ったと読み、聞き込みを続けていた。だが、読みは外れ、大沢は年寄りと賑やかな境内の茶店で平然と逢っていたのだ。

「で、その町方同心が逢っていた年寄り、どんな人相風体《ふうてい》だった」

和馬は茶店の娘に訊《き》いた。

「どんなって、白髪頭《しらが》で優しそうなお爺《じい》さんでしたよ」

「白髪頭……」

「着物はどんな風だったい」

「確か十徳《じっとく》を着ていて、お医者か茶の湯のお師匠さんのようでした」

十徳を着た白髪頭の年寄り……。

「で、その年寄り、どっちにいったか、見たかな」

「はい。お帰りを見送りましたので……」

「どっちに行った」

「鳥居を潜《くぐ》って神田川の方へ……」

茶店の娘は、弥平次の質問に迷いや躊躇《ためら》いもなく答えた。おそらく茶店の娘の記憶は正しい。

和馬と弥平次は茶店の娘に礼を云い、湯島天神の境内を出た。

「親分……」

幸吉が駆け寄って来た。

「みんなに繫ぎはとれたか……」

「へい」

「よし。親分、俺は秋山さまにお報《しら》せする」

和馬は南町奉行所に向かった。

弥平次は幸吉を従え、柳橋にある船宿『笹舟』に急いだ。

『笹舟』の弥平次の部屋には、飴売りの直助、托鉢坊主の雲海坊、しゃぼん玉売りの由松が戻って来た。

白髪頭の十徳を着た年寄り……。

「そいつが、大沢の旦那と湯島天神境内の茶店で逢い、神田川の方に向かって行った」

「神田川の方ですか……」

幸吉が、小石川《こいしかわ》・本郷一帯の切り絵図を広げた。

神田川は、湯島天神・不忍池の南西に描かれていた。

直助が、湯島天神から神田川を指し示した。

「神田川沿いに柳橋か両国、それとも神楽坂《かぐらざか》か江戸川……」

「直助さん、昌平橋の船着場から神田川を舟ってのはありませんかね」

雲海坊が切り絵図を覗《のぞ》き込んだ。

「そうなりゃあ隅田川か……」

幸吉は眉を顰めた。

神田川の流れは柳橋に進み、両国で隅田川に合流している。隅田川に出ると上流下流、捜索する範囲は限りなく広くなる。

「後は昌平橋で神田川を渡り、大沢の旦那と同じ日本橋。ひょっとしたら大沢の旦那を追ったかもしれませんよ」

「って事は由松、大沢の旦那を殺った玄人は、白髪頭の十徳爺いかい」

「違いますかね、雲海の兄貴」

下っ引の幸吉と手先の直助たちは、切り絵図を見ながら様々な可能性を話し合った。その間、弥平次は口を閉ざし、幸吉や直助たちの意見に耳を傾けていた。

様々な意見が述べられ、時が過ぎた。

「よし……」

弥平次が話を打ち切り、手を叩いた。

養女のお糸が返事をし、顔を出した。

「お糸、話は終わった。皆に飯を頼む」

「はい。すぐに……」

お糸が慌《あわ》ただしく出て行った。

「いろいろあるが、西は水戸さまの江戸上屋敷と小石川御門、東はこの柳橋と両国まで、神田川の両岸を虱潰《しらみつぶ》しに当たり、白髪頭に十徳の年寄りを探してみてくれ」

弥平次は探索の進め方を決めた。

お糸と台所女中たちが、焼き魚と煮蛤《にはまぐり》、大根と豆腐の煮付け、そして飯と一人一本ずつのお銚子を運んできた。

幸吉と直助たち手先は、一人一本ずつの銚子の酒を楽しみ、腹拵《はらごしら》えをした。

弥平次は皆と一緒に飯を食べ、幸吉と直助たち手先に探索費として一分金を四枚ずつ渡した。一分金四枚で一両だ。

弥平次は直助、雲海坊、由松たち手先に元手金を出してやり、生業を持たせていた。それは、他人の秘密を覗く手先が金に困り、悪事を働くのを恐れての事だった。

幸吉と直助たち手先は、四枚の一分金を懐に入れて神田川沿いに飛び出していった。

和馬は南町奉行所に戻り、久蔵と筆頭同心の稲垣源十郎に報告した。

「十徳を着た白髪頭の年寄りか……」

久蔵は薄笑いを浮かべた。

「はい。柳橋の弥平次親分がもう手配りをした筈です」

「よし……」

「秋山さま、その年寄りと女の始末屋、関わりがありそうですな」

稲垣の眼が、冷たく底光りした。

「ああ、きっとな……」

「女の始末屋と白髪頭の年寄り、急ぎ調べてみましょう」

稲垣は、落ち着いた足取りで久蔵の用部屋を出て行った。

「秋山さま、女の始末屋とは……」

和馬は身を乗り出した。

「和馬、大沢を手に掛けた始末屋な、女髪結かも知れねえ」

「女髪結……」

和馬は驚き、眼を丸くした。

「ああ。もっとも髪結は、見せ掛けの稼業だろうがな」

「はあ……」

「ところで和馬。大沢が持っていた切り餅、白髪頭の年寄りから貰った金だとしたら、どうして貰ったか分かるか」

「えっ……」

和馬は言葉に詰まった。

「どうだい」

「さあ、どうしてでしょう……」

「和馬、人って生き物は哀しいもんかも知れねえな」

久蔵は片頰を歪めた。淋しげな笑みだった。


酉《とり》の刻六つ半。

愛宕下大名小路、奥州一関藩江戸上屋敷の裏門が開き、一人の中間が出て来た。

中間は辺りを警戒するように見廻し、足早に路地を抜けて東海道に出た。そして、芝口三丁目の裏路地にある居酒屋に入った。

中間を追って神明の平七と庄太が現れた。

「野郎が、渡り中間の金八《かねはち》に間違いねえんだな」

「へい。出入りの酒屋の手代が云った人相に違いありません」

渡り中間の金八は、無類の酒好きでお喋り好き……。

それが、庄太が出入りの酒屋の手代から仕入れた情報だった。

平七と庄太は十手を懐に入れ、着物の裾《すそ》を下ろして居酒屋に入った。

居酒屋は、仕事帰りの職人や人足たちで賑わっていた。

職人や人足たちは、仕事の疲れを安酒と気の置けないお喋りで癒していた。

平七と庄太は、金八の隣に座り、店の親父に酒を頼んだ。

金八は機嫌良く酒を飲んでいた。

「おまちどお……」

店の親父が、平七と庄太に酒と里芋の煮っ転がしを持って来た。

平七は、庄太が猪口《ちょこ》に満たしてくれた酒を飲んだ。そして、楽しげな賑わいに身を置き、時を過ごした。

「親父、酒だ」

金八は空になった銚子を掲げ、店の親父に振って見せた。

「新しいのがくるまで、一杯どうだい」

平七が金八に酒を勧めた。

「こいつは済まねえな」

金八は嬉しげに相好《そうごう》を崩し、空の猪口を差し出した。そして、猪口に満たされた酒を啜り、人の好い笑みを浮かべた。

「お前さん、一関藩江戸上屋敷の金八さんだね」

平七は静かに尋ねた。

金八は酔った眼を平七に向け、警戒するように頷いた。

「ああ、お前さんは……」

平七は懐の十手を覗かせた。

「神明の平七って者だ」

金八は眼を丸くし、僅かに身を固くした。

「もう一杯、どうだい」

平七は酒を勧めた。

「へ、へい……」

金八は身を固くしながらも、猪口を空けて差し出した。

無類の酒好き……。

平七は苦笑した。

「伊丹さま、お元気かい」

平七が何気なく探りを入れ始めた。

「伊丹さまって伊丹倉之助さまですかい」

「ああ。昔、ちょいとお世話になってね。どうだい、お元気かい」

「親分、伊丹さまは青山の下屋敷詰になられましてね。あっしもこのところ、逢っちゃあいないんですよ」

「ほう、伊丹さま、青山の下屋敷詰になったのかい」

「ええ。青山百人町の下屋敷に……」

市兵衛と平七が睨んだ通り、伊丹倉之助は既に愛宕下大名小路の上屋敷にはいなかった。

大名家の家臣が、勝手に役目を替えられる筈はない。伊丹の役目替えが、藩の命令であるのは確かだ。それは、伊丹倉之助だけではなく、藩上層部も町医者瀬川順庵殺しに関わっているとも思える。

伊丹倉之助は、青山百人町の一関藩江戸下屋敷にいる……。

平七と庄太は金八に酒を勧め、一関藩江戸下屋敷の様子を訊き出していった。

隅田川の川面には、行き交う船の灯りが映《は》えていた。

屋根船は浅草御蔵首尾《おくらしゅび》の松を左手に見て、隅田川をゆっくりと遡《さかのぼ》っていた。

「それで、南町奉行所の様子はどうなんだ」

大黒天《だいこくてん》の勘右衛門《かんえもん》は、酒を舐《な》めるように飲んだ。真っ白な頭髪が行燈《あんどん》の灯りに輝いた。

「そりゃあもう、定町廻りが殺られたんです。秋山久蔵を先頭に大騒ぎですよ」

土竜《もぐら》の喜十《きじゅう》が、皺《しわ》に埋もれているような眼に嘲《あざけ》りを浮かべた。

「与力の秋山久蔵、剃刀って渾名《あだな》の野郎だね」

勘右衛門の顔が、僅かに引き締まった。

「へい。他に筆頭同心の稲垣源十郎、定町廻りの神崎和馬、それに臨時廻りの蛭子市兵衛が、秋山と一緒に動いています」

「それはそれは……」

「ですが元締、幾ら調べたところで大沢の旦那がどうして殺されたかなんて、分かる筈はありませんよ」

「喜十、相手は剃刀久蔵だ。油断をしちゃあならねえ……」

勘右衛門は、冷たい眼で喜十を見据えた。

「へい」

喜十は身を小さく震わせた。

「相手を舐めちゃあ大怪我をする。だが、大怪我をする前に……」

冷たい川風が、障子の隙間から流れ込んだ。

喜十の背筋に寒気が走った。

「他人《ひと》さまの迷惑にならないように消える事もある。充分に気をつけるんだね」

油断して下手《へた》を踏めば、自分たちに役人の手が及ばないように始末する……。

それが、勘右衛門の言葉の意味だった。

「へい。篤《とく》と承りました」

喜十は恐怖に平伏した。

「信吉《しんきち》、何処だい」

勘右衛門は船頭に声を掛けた。

「へい。そろそろ駒形堂《こまがたどう》、竹町之渡《たけちょうのわたし》です」

竹町之渡は浅草、吾妻橋の手前、駒形堂の近くにあった。

「よし、着けてくれ。喜十が下りるよ」

「分かりました」

船頭の信吉は、竹町之渡に舳先《へさき》を向けた。

竹町之渡に降りた喜十は、隅田川を尚も遡っていく屋根船を見送った。

信吉の操る屋根船は、勘右衛門を乗せて隅田川の暗がりに消えていった。

喜十は勘右衛門の言葉を思い出し、大きく身震いして夜道を急いだ。

浅草浅草寺から続く道に出た喜十は、神田川に急いだ。

浅草御蔵、鳥越橋《とりごえばし》……。

喜十は、隅田川を屋根船で来た道のりを逆に向かっていた。そして、神田川を渡り、夜の路地裏を小走りに数寄屋橋《すきやばし》に進んだ。

数寄屋橋御門内の南町奉行所は、夜の静けさに包まれていた。

暗がりから足音が近付き、喜十が小走りにやって来た。喜十は南町奉行所の門前に立ち止まり、息を整えて潜り戸の向こうに声を掛けた。

「お願いします。台所下男の喜十、只今戻りましてございます」

潜り戸が開かれ、喜十は南町奉行所に入って行った。

夜の暗がりは底知れぬ闇を窺わせた。

三

八丁堀岡崎町《おかざきちょう》秋山屋敷の門は、下男の与平によって開かれる。

朝餉《あさげ》を終えた久蔵は、義妹の香織の介添えで着替えた。

「それで義兄上《あにうえ》、大沢さまを殺《あや》めた下手人の目星、ついたのでございますか」

「いや。まだだ」

「そうですか……」

「香織、大沢の家族、どうしている」

「御仏前で泣いている奥さまを、小一郎《こいちろう》さんが幼いながらも励まして……」

香織は、二人の姿を思い出したのか涙を浮かべた。

「健気《けなげ》なものにございます」

「そうか……」

大沢欽之助の妻は、大沢が所持していた切り餅がどういうものか知らなかった。

切り餅の謂《いわ》れは、大沢の妻を今以上に哀しませるかもしれない。

久蔵はそれを密かに恐れていた。

「ま、暫《しばら》く眼を離さずにいてくれ」

大沢の妻は、哀しみの余り何を仕出かすか分からない。

久蔵は、その監視を香織に頼んでいた。

香織は毎日のように様子を見に訪れ、隣近所の奥方たちに何かあったらすぐに報せてくれるように頼んだ。

「はい。心得ております」

香織はしっかりと頷いた。

久蔵は立ち上がり、式台に向かった。

香織が久蔵の刀を抱いて続いた。

久蔵は与平を従え、香織と与平の妻お福の見送りを受けて出仕した。

「もういいぜ、与平」

八丁堀の組屋敷街を出た久蔵は、八丁堀と楓川《もみじがわ》が交差する弾正橋《だんじょうばし》で与平に帰れと命じた。

「旦那さま、ここで帰ると、またお福に叱られます」

町奉行所与力の出仕には、槍《やり》持ち、挟箱《はさみばこ》持ち、草履《ぞうり》取り、若党などの供揃《ともぞろ》えが正式なものと決められている。だが、一般的には略式が通用し、久蔵はそれすらも不要とした。

与平とお福夫婦は、久蔵の父親の代からの奉公人で家族同然の間柄だった。

久蔵、義妹の香織、与平とお福夫婦、その四人が秋山家の家族と云えた。

「たまには数寄屋橋までお供しますよ」

「無理するなよ」

久蔵は、歳のせいで足腰の弱ってきた与平を気遣った。

「へい。そいつは仰るまでもなく……」

与平は嬉しげに笑った。

久蔵は与平を気遣い、足取りを合わせて数寄屋橋に向かった。


巳《み》の刻四つ。

町奉行所の与力・同心の出仕時刻だ。

久蔵は、南町奉行所の前庭で与平と別れた。

与平は奉行所内に入って行く久蔵を見送り、門番詰所に向かった。

「お早う、茂助《もすけ》の父っつぁん」

与平は、老門番の茂助がいる詰所に入った。

「爺いに父っつぁんと云われるほど、耄碌《もうろく》はしちゃあいねえぞ。与平」

「そんな憎まれ口が叩けるんなら、茶の一杯を振舞うぐらい造作はあるめえ」

与平と茂助は同じ年頃であり、気の合う仲だった。与平は、茂助が淹《い》れてくれた番茶を啜った。

「どうだい、秋山さまの御機嫌は」

「いつもと変わりゃあしないよ」

「流石に落ち着いたもんだな」

定町廻り同心大沢欽之助が殺されて以来、南町奉行所から落ち着きが消え、何処となく浮き足立っていた。

「茂助さん……」

下男が詰所を覗いた。

「おう、なんだい」

「越前屋《えちぜんや》が米を持って来たら、急いで台所に届けるように伝えて下さい」

「心得たよ」

「宜しくお願いします」

下男は丁寧に頭を下げ、小走りに裏手に廻っていった。

「見かけない顔だな」

「ああ、五日前に雇った台所下男でな。喜十って者だよ」

「どうだい、働き具合は」

「働き者だよ。ちょいと真面目ぶっているようにも見えるがね」

茂助は苦笑した。

「悪ぶっているよりは良いさ」

「そりゃあそうだ」

「ま、慣れりゃあ本性を現すよ」

与平と茂助は、音を立てて番茶を啜り、噂話に花を咲かせた。その時、遅刻した蛭子市兵衛が、門番詰所の脇をあたふたと通り抜けていった。


「一関藩江戸下屋敷か……」

久蔵は眉を顰めた。

「はい。伊丹倉之助は愛宕下の上屋敷から青山の下屋敷詰に役目替えになったと、神明の平七が突き止めてきました」

神明の平七は、昨夜遅く市兵衛の組屋敷を訪れていた。

「そいつは、江戸屋敷のお偉いさんの決めた事だろうな」

「おそらく、そうでしょうな」

「となると……」

久蔵は思いを巡らせた。

「町医者瀬川順庵殺しは、伊丹倉之助だけじゃあなく、一関藩そのものが関わっているかも知れねえか……」

「ええ……」

市兵衛は緊張した面持ちで頷いた。

奥州一関藩三万石田村家……。

そこに、大沢欽之助が殺された真相が潜んでいる。

久蔵はそう睨んだ。

神田川の流れは、日差しに煌めいていた。

幸吉と手先たちは、十徳を着た白髪頭の年寄りを探し廻っていた。

十徳を着た白髪頭の年寄りは、湯島天神を出て神田川方面に向かったとされている。だからといって神田川に行ったとは限らない。途中には神田明神もあれば、小石川や下谷《したや》に抜ける道もある。

幸吉と飴売りの直助は、丹念に聞き込みを掛けて廻った。

托鉢坊主の雲海坊としゃぼん玉売りの由松は、神田川の船着場を尋ね歩いていた。

神田川の船着場は、新し橋《あたらばし》、和泉橋《いずみばし》、昌平橋、水道橋などにあった。その中で湯島天神に一番近いのは、昌平橋の船着場だった。だが、船着場を管理している者はいなく、船は自由に立ち寄っていた。

雲海坊と由松は昌平橋の船着場に通い、十徳を着た白髪頭の年寄りを粘り強く探し続けた。

人足たちが、荷船から威勢良く米俵を降ろしていた。米俵は岸辺にある『聖《せい》堂《どう》』と呼ばれる昌平坂学問所に運ばれていた。

雲海坊と由松は、荷船の船頭に十徳を着た白髪頭の年寄りを見た事がないか尋ねた。

「ああ、見掛けたよ」

船頭はあっさりと答えた。

「十徳を着た白髪頭の年寄りだぜ」

雲海坊が念を押した。

「ああ。あの日、いつも通り、ここに船を着けようとしたんだが、屋根船が繋がれていてね。船頭に早く退《ど》けろと云ったんだ。そうしたら船頭の野郎、生意気な目付きをしやがってな。野郎、只じゃあ置かねえって怒鳴った時、十徳を着た白髪頭の爺いが来てな。屋根船、その爺いを乗せてようやく退けたって訳だ」

あの日、大沢欽之助と湯島天神境内で逢っていた年寄りに間違いなかった。

「で、爺いを乗せた屋根船、どっちに行った」

由松が意気込んだ。

「隅田川だ」

船頭は神田川の下流を指差した。

「屋根船、どこの船か分かるかな」

船宿の屋根船なら、舳先か艫《とも》に屋号の焼印が押されている筈だった。

そいつが分かれば辿《たど》っていける……。

雲海坊はかすかな光明を見た。だが、それはすぐに打ち砕かれた。

「いや、焼印はなかったぜ」

船頭に迷いはなかった。船着場で揉《も》めている間、船頭は屋根船を見ていたのだ。

焼印がなかったのに間違いはない筈だった。

「となると……」

「ありゃあ、料理屋か大店《おおだな》の持ち舟かも知れねえな」

つまり、十徳を着た白髪頭の年寄りを待ち、乗せて隅田川に去った屋根船は個人の舟と思われるのだ。

「屋根船に目立つような物、なかったかい」

「目立つ物なあ……」

船頭は首を傾《かし》げた。

屋根船を追う手掛かりはない……。

探す手立ては、隅田川や掘割沿いに船着場を持っている家を虱潰しに調べていくしかない。

雲海坊と由松は、弥平次の指示を仰ごうと柳橋の『笹舟』に急いだ。

船宿『笹舟』には、神崎和馬が来ていた。

雲海坊と由松は、十徳を着た白髪頭の年寄りが、個人の物と思われる屋根船で立ち去った事を伝えた。

「そいつは面倒だな」

和馬はうんざりとした面持ちになった。

「どうします、親分」

由松が吐息を洩らした。

「なあに、心配ないさ。餅は餅屋だ。猪牙舟《ちょきぶね》を持っている家は良くあるが、屋根船を持っているのは滅多にない。伝八《でんぱち》たちに探させるよ」

伝八は『笹舟』の船頭の親方であり、江戸でも指折りの船頭だった。

「そいつは良い。伝八の父っつぁんだったら造作はなかろう」

和馬は安心した。

弥平次は船頭の伝八を呼び、事の次第を伝えた。

「どうだ、何か心当たりはあるかい」

「そうですねえ。親分、隅田川沿いの切り絵図ありますかい」

「ああ……」

弥平次は、伝八の前に切り絵図を広げた。

伝八は切り絵図を覗き込み、隅田川沿いの所々を指し示した。

「すぐに思い出せる船着場のある家は、このぐらいですかね」

「よし、もう一度教えてくれ」

弥平次は矢立の筆を出し、伝八が指し示したところに印を付けていった。印は、永代橋《えいたいばし》から向島《むこうじま》までの隅田川の両岸に点々と付けられていった。

「よし、こいつは俺が当たってみよう」

和馬が意気込んだ。

「あっしも一緒に行きます。伝八、ここの他にも船着場はあるだろう。猪牙を出して川から探してくれ。雲海坊、由松、一緒に行くんだ」

「合点です」

弥平次と和馬は、印を付けた切り絵図を手にして船着場のある家に向かった。

そして、雲海坊と由松は、伝八の猪牙舟で隅田川に出た。


溜池《ためいけ》から赤坂を抜けると青山になる。『青山』の地名の謂れは、その地に美濃《みの》郡上藩《ぐじようはん》四万八千石青山大膳亮《だいぜんのすけ》の広大な下屋敷があったからとされていた。

市兵衛は郡上藩青山家の下屋敷の傍を抜け、百人町の往来に出た。

百人町は、若年寄支配下の鉄砲隊百人組の組屋敷があったところから付けられた町名だった。

市兵衛は、百人町の組屋敷を貫く往来を南西に進んだ。組屋敷の南西の外れに奥州一関藩田村家の江戸下屋敷があった。

「蛭子の旦那……」

神明の平七と下っ引の庄太が、一関藩江戸下屋敷前の物陰にいた。

「やあ、どうだい」

「はい。出入りの商人に聞いたのですが、最近、上屋敷から家臣が一人来たそうです。そいつがおそらく伊丹倉之助だと思います」

「間違いないだろう」

市兵衛は頷いた。

「それにしても旦那、相手はお大名の家来、あっしたちはお縄に出来ませんぜ」

「平七、いざとなりゃあ何とかなるもんだよ」

市兵衛は屈託なく笑った。

百人組の組屋敷と大名の江戸下屋敷が並ぶ青山には、渋谷・道玄坂《どうげんざか》などからの畑の匂いが風に乗って漂ってきていた。

和馬と弥平次は手先の鋳掛屋《いかけや》の寅吉《とらきち》と夜鳴蕎麦屋の長八《ちょうはち》を呼び、切り絵図に印を付けた船着場を持つ家を虱潰しに調べていた。だが、屋根船を持っている家は中々発見出来なかった。

伝八の猪牙舟は、雲海坊と由松を乗せて隅田川を下った。

柳橋を出て両国橋、新大橋、そして永代橋。隅田川を下り、江戸湊《えどみなと》に近付くほど船着場を持つ家は少なくなった。

「どうだい、伝八の父っつぁん」

「雲海坊、こっちにはもうねえな。両国橋に戻るぜ」

伝八は猪牙舟を巧みに操り、舳先を上流に向けた。そして、切り絵図に印を付けた以外の船着場のある家を探し、隅田川をゆっくりと遡った。

久蔵は南町奉行所を出て、外堀沿いの道を北に進んだ。

五月の風が、久蔵の背を爽《さわ》やかに押した。突然、風に伽羅香《きゃらこう》の香りが混じった。

久蔵は歩みを止めず、何気なく振り返った。

行き交う通行人たちの中に、女の影が過《よ》ぎった。

女……。

久蔵は女が再び現れるのを期待し、背後の様子を窺いながら歩きつづけた。女は姿を見せなかった。だが、伽羅香の香りだけが、風に乗ってついて来た。

伽羅香の女は姿を見せず、久蔵を巧妙に尾行しているのだ。

敵……。

久蔵は苦笑し、構わずに先を急いだ。


神田駿河《するが》台小川町《だいおがわまち》は、旗本の屋敷が甍を連ねて静まり返っていた。

久蔵は小川町稲荷小路《いなりこうじ》を進み、ある旗本屋敷を訪れて主に面会を申し入れた。

旗本屋敷の家来は、久蔵を書院に通した。

書院には、庭からの風が心地良く吹き抜けていた。

僅かな時が過ぎた頃、狸《たぬき》のような腹と目をした屋敷の主が現れた。

「やあ、待たせたな、秋山」

「本多《ほんだ》さまには……」

久蔵が手をついた時、旗本二千石目付の本多図書《ずしょ》が苦笑した。

「秋山、剃刀久蔵に堅苦しい挨拶は似合わない。早々に用件をな……」

「それは助かります」

久蔵と本多図書は数年前、勘定奉行の絡んだ贋小判《にせこばん》事件で知り合っていた。

「奥州一関藩田村さまの御家中について御存知の事があればお教え戴きたいと、参上致しました」

「秋山、儂《わし》は目付、大名家は支配違いだ」

目付は若年寄の支配下にあり、旗本以下の武士を監察するのが役目だ。そして、大名家を監察するのは大目付の役目である。

「本多さま、直参《じきさん》の御家人が殺されても、目付には関わりないと仰せになりますか」

久蔵の言葉に、本多の狸のような小さな眼が精一杯見開かれた。

「秋山、南町奉行所の同心殺し、一関藩に関わりがあると申すか」

久蔵は頷いた。

本多は小さな眼を細め、久蔵を見詰めた。

久蔵は不敵な笑みを浮かべた。

「……秋山、ひと月ほど前、一関藩の世継ぎが急な病で亡くなってな」

「ひと月ほど前に急な病……」

「うむ。そして側室の産んだ子が、田村家の世継ぎとして公儀に届けが出された」

「まさか……」

お家騒動……。

本多は頷いた。

「かも知れぬ……」

町医者瀬川順庵は、田村家世継ぎの急な病での死に関わりがあって殺されたのかもしれない。そして、大沢欽之助はその秘密を嗅《か》ぎつけ、始末屋に口を封じられた。

「秋山、田村家の内情、儂が詳しく調べてみよう」

本多図書は、配下の徒目付《かちめつけ》や黒鍬者《くろくわもの》たちを使って田村家の内情を調べるつもりだ。

「そう願えますか」

「うむ……」

本多の狸のような小さな眼が、冷たい底光りを浮かべた。その冷たい底光りには、官僚特有の鋭さが滲《にじ》んでいた。

狸には似合わねえ冷たさと鋭さ……。

久蔵は思わず苦笑した。

庭から吹き抜ける風は、爽やかさに冷たさを含んでいた。

本多屋敷を後にした久蔵は、神田川沿いの道に出て柳橋に向かった。

伽羅香の香りが、いきなり久蔵の鼻をついた。

伽羅香……。

久蔵は油断なく辺りを窺った。

伽羅香の香りは、神田川から吹く川風と共に流れて来ていた。

久蔵は神田川を見た。

神田川には様々な船が行き交っていた。そして、対岸である湯島の道には、女が着物の袖で口元を隠して佇んでいた。袖で口元を隠す女の眼は、微かに笑っていた。

伽羅香の香りは、その女から漂ってきているのだ。

伽羅香の女の尾行は続いていた……。

久蔵は対岸の湯島に行こうと、神田川の前後を見た。だが、水道橋には遠く離れ、昌平橋はまだ先だった。久蔵がどちらの橋を使って対岸に向かおうが、伽羅香の女は湯島の町に姿を消してしまう。

そいつを計算して姿を見せた……。

久蔵は女の周到さに感心し、苦笑した。

伽羅香の女は、久蔵が本多図書の屋敷を訪れたのを見届けたに違いない。そして、女は大沢欽之助の首の血脈を斬り裂いた始末屋なのかもしれない。

伽羅香の女は袖で顔を隠したまま身を翻《ひるがえ》し、昌平坂学問所の傍らの道に姿を消した。

久蔵は見送るしかなかった。

敵がようやく姿を現した……。

伽羅香の香りは、次第に薄れて消え失せた。

久蔵は苦く笑った。

第二章

伽羅《きやら》香《こう》

一

伽羅香の香りは久蔵への挑戦なのだ。

女は伽羅香の香りを漂わせ、己の存在を久蔵に知らせた。

不利な事をあえてした女の意図は何処にあるのか。そして、尾行をしているのは、伽羅香の女だけなのか。

久蔵は思いを巡らせた。

いずれにしろ船宿『笹舟』に寄らず、真っ直ぐ南町奉行所に戻る方が無難なようだ。

久蔵は南町奉行所に向かった。

千住大橋《せんじゅおおはし》は永代橋、新大橋、両国橋、吾妻橋と共に隅田川五橋と称され、最も古い橋で日光街道の出入口でもあった。

千住大橋南詰に広がる町は、田畑に囲まれていた。その畑の一角、隅田川に臨む岸辺には雑木林に囲まれた稲荷堂があり、隣に寮があった。寮の横手には、植込みに隠れるように小さな船着場があり、屋根船が繋がれていた。

「元締、お蝶姐《ちようねえ》さんがおみえです」

船頭の信吉が、棋譜《きふ》を見ながら将棋の駒を並べていた大黒天の勘右衛門に取り次いだ。

「通しな……」

濡縁《ぬれえん》にいる勘右衛門の白髪頭は、日差しを浴びて淡い輝きを放っていた。

伽羅香の香りを漂わせてお蝶が現れた。

「どうだったい」

「秋山久蔵、噂通り油断のならない男のようですね」

「伽羅香で悪戯《いたずら》したのかい」

勘右衛門は苦笑した。

「ええ、流石にすぐに気が付いて……」

「で、どうした」

「そのまま駿河台の旗本屋敷に赴《おもむ》きました」

「旗本の屋敷……」

勘右衛門は眉を顰めた。

「はい。名は分かりませんが……」

武家屋敷に表札は掲げられてはいない。

勘右衛門は駿河台の切り絵図を広げた。

「こいつが神田川で、此処《ここ》が昌平橋だ。秋山はどこの屋敷に行ったんだい」

お蝶は切り絵図を覗き込み、指先で道を辿ってある屋敷に辿り着いた。

「このお屋敷です」

勘右衛門はお蝶の指先を覗いた。そこには『本多図書』と記されていた。

「本多図書……」

「何者ですか」

「さあな。いずれにしろお蝶、剃刀久蔵の面が分かったんだ。下手な悪戯は命取りだ。滅多な真似はするんじゃあないよ」

「分かっていますよ。元締……」

お蝶は艶然と笑った。

稲垣源十郎は眉を逆立てた。

「伽羅香の匂いを漂わせる女ですか……」

「ああ、そいつが俺を尾《つ》けて来た」

「どのような女ですか」

「神田川の向こう岸に顔を隠して現れやがってな。残念ながら顔は分からねえ」

「敵ですな」

稲垣は断言した。

「そして、女の始末屋か……」

伽羅香の香りを漂わせた女が、大沢欽之助を殺した女始末屋なのかも知れない。

「ええ。おそらく秋山さまの動きから、探索の進み具合を見定めようとしているのでしょう」

「ま、そんなところだろうが、分からねえのは、何故これみよがしに伽羅香の香りを漂わせたのかだぜ」

「後を尾け廻すには、頭隠して尻隠さずですか」

「ああ。何かを企み、俺に気付かせようとしていた。違うかな」

「成る程、だとしたらどうします」

稲垣は薄笑いを浮かべた。

「企みに乗ってやるのも、面白いかも知れねえな……」

久蔵は不敵に笑った。

和馬と弥平次たちは、聞き込みを続けていた。だが、伝八が切り絵図に印を付けた個人の船着場に屋根船はなかった。

雲海坊と由松は、伝八の操る猪牙舟で隅田川や掘割に船着場を探し、屋根船の有無を尋ねた。屋根船は見つからず、十徳を着た白髪頭の年寄りは浮かばなかった。


市兵衛と神明の平七は、鉄砲隊・百人組の組屋敷の主に頼み、運良く空き家になっていた借家を借りた。借家の窓からは、一関藩江戸下屋敷が見通せた。

御家人たちは敷地に借家を造り、少ない扶持米《ふちまい》の足しにしていた。それは、市兵衛たち町奉行所の同心たちも同じである。町奉行所同心たちの借家は、町医者などが借りて暮らしていた。だが、畑と武家屋敷の多い青山では、借り手はなかなかいないのが実情だった。市兵衛はそれなりの謝礼を約束し、借家を借りたいと頼んだ。持ち主は、事情を深く尋ねもしないで了承した。

市兵衛と平七は、借家に潜んで江戸詰藩士伊丹倉之助の現れるのを待った。そして、平七は一関藩江戸下屋敷の渡り中間に金を握らせ、伊丹倉之助が出かける時に合図をくれるように頼んだ。渡り中間は金を握り締め、薄笑いを浮かべて頷いた。

渡り中間は、藩に属している奉公人ではない。中間の人数が足りない時、口入屋に頼んで派遣して貰う者である。渡り中間に藩に対する忠義心はない。平七はそれを利用し、渡り中間に金を握らせたのだ。

「旦那、親分……」

窓から下屋敷を監視していた下っ引の庄太が、市兵衛と平七を呼んだ。

渡り中間が、一関藩江戸下屋敷の表に現れて辺りを見廻して中に入った。

「伊丹が出て来る」

市兵衛と平七は素早く外に出た。庄太が続いた。

若い藩士が、渡り中間に見送られて出て来た。

「それでは伊丹さま、お気をつけて……」

「うん」

若い藩士は伊丹倉之助だった。伊丹は、渡り中間に見送られて出掛けて行った。

平七と庄太が物陰から現れ、伊丹の後を追った。そして、羽織を脱いだ市兵衛がのんびりと続いた。

伊丹倉之助は、百人町の通りを六本木・赤坂に向かった。その足取りに油断はなく、時々立ち止まっては周囲を鋭く窺った。

拙《まず》い……。

平七は緊張した。

伊丹の慎重な歩みは、平七や庄太の尾行を難しくしていた。このままでは尾行が露見する。だが、尾行を緩めれば、見失うに決まっている。

平七は、額に滲む汗を手の甲で拭《ぬぐ》った。

伊丹はいきなり辻に立ち止まった。

庄太が、釣られたように立ち止まろうとした。平七は、思わず庄太の背を押した。

このまま進むしかない……。

平七と庄太は、歩みを変えず進んだ。

立ち止まった伊丹は、鋭い眼差しで辺りを見廻していた。

平七と庄太は構わずに進み、伊丹と擦れ違った。

伊丹は、平七と庄太を鋭く一瞥した。

平七は伊丹を追い抜き、辻を渡った。

伊丹は、平七たちを鋭い眼差しで見送った。

平七は背中に伊丹の視線を感じ、思わず身を竦《すく》めた。

市兵衛は吐息を洩らした。

平七たちが、伊丹を追い抜いたのを密かに誉めた。

市兵衛は、町医者瀬川順庵が袈裟懸の一太刀で斬り殺されたのを思い出した。

順庵を斬ったのが伊丹なら、かなりの剣の使い手なのだ。

無理は禁物……。

市兵衛は伊丹の様子を窺い、のんびりと進んだ。伊丹は再び歩き始め、辻を渡って赤坂に向かって進んだ。

「親分……」

庄太が、背後から来る伊丹に気付いた。

「このまま行くんだ」

平七は伊丹を窺い、庄太と共に赤坂に向かった。

赤坂一ツ木《ひとつぎ》町の坂道を下り、溜池が見えてきた。

伊丹は赤坂田町《たまち》三丁目に進み、砥《と》ぎ師の店を訪れた。

市兵衛は見届け、緊張を解いた。

「旦那……」

平七と庄太が、裏路地伝いに市兵衛の傍にやって来た。

「どうにか上手《うま》くいったな」

「はい。ですが冷や汗ものでした」

平七は手拭で首筋を拭った。

「砥ぎ師か……」

「手ぶらで来たところを見ると、砥ぎに出してあった刀でも取りに来たのですかね」

「うん……」

市兵衛と平七たちは、砥ぎ師の店が見通せる茶店に入って息を整えた。

やがて伊丹が、風呂敷に包んだ刀を抱えて砥ぎ師の店から出て来た。

「どうします」

平七が緊張を浮かべた。

「私が追う。平七は砥ぎ師に逢い、どんな刀を砥いだか訊いてくれ」

「承知しました。旦那、くれぐれもお気をつけて……」

「ああ……」

市兵衛は苦笑を残し、伊丹の後を追った。

平七は市兵衛を見送り、庄太を従えて砥ぎ師の店を訪れた。


「どのような刀を砥いだかと訊かれても……」

砥ぎ師は言葉を濁し、吐息を洩らした。

「ありのままを聞かせて貰えれば、ありがたいんですがね」

平七は静かに頼んだ。

「伊丹さまの刀、血は拭い落としてありましたが、脂と刃こぼれが……」

人を斬り、血は拭い取れても、脂は容易に拭い取れるものではない。そして、刃こぼれとなると、人を斬ったのに間違いない。

「って事は、人を斬った……」

砥ぎ師は平七を見詰めて頷いた。

「で、その刀、いつ砥ぎに出されたのですか」

「砥ぎに出された日ですか」

「ええ……」

砥ぎ師は帳簿を調べてくれた。伊丹が刀を砥ぎに出した日は、町医者瀬川順庵が斬り殺された翌日だった。

順庵先生を斬ったのは伊丹倉之助……。

平七は確信した。

伊丹倉之助は刀の包みを抱え、静かな足取りで来た道を戻っていた。

一関藩江戸下屋敷に戻る……。

市兵衛はそう読み、一定の距離を保って尾行した。

伊丹は青山の地に入った。このままでは又、江戸下屋敷に閉じこもってしまう。

市兵衛は迷った。下屋敷といえども大名家の藩邸である限り、町奉行所は手出しが出来ない。そうなると、伊丹は下屋敷に閉じこもり、次に外に出て来る日は見当も付かない。

放って置いて油断するのを待つか、それとも圧力を掛けて慌てさせるか……。

市兵衛は迷った。

その時、伊丹倉之助が振り向いた。

市兵衛は僅かに動揺した。だが、動揺を素早く隠し、そのまま進んだ。

伊丹はじっと佇み、市兵衛の近付くのを待っている。

市兵衛は油断なく進んだ。

「……何故《なにゆえ》、後を尾ける」

伊丹は市兵衛を見据え、静かに尋ねてきた。

市兵衛は腹を決めた。

「一関藩の伊丹倉之助さんだね」

「お主、何者だ」

伊丹は刀を包んだ風呂敷を解き、その柄《つか》を見せた。

「私は南町奉行所臨時廻り同心蛭子市兵衛」

伊丹は微かにたじろいだ。

「その同心が何用だ」

伊丹はたじろぎを必死に隠した。

「その刀で誰を斬ったんだい」

市兵衛はいきなり斬り込んだ。

伊丹の隠したたじろぎが、一気に噴出した。

「だから砥ぎに出してあった。違うかい」

市兵衛は笑った。

「おのれ、町方同心の分際で大名家の家臣に言い掛かりを付けるのか」

伊丹は、懸命に態勢を立て直そうとした。

市兵衛は無視した。

「大名家の家臣であろうがなかろうが、人殺しは人殺し。黙って見逃す訳にはいかないんでね」

「拙者《せっしゃ》が誰を斬ったと云うんだ」

「そいつは南町奉行所の定町廻り同心、大沢欽之助に聞いている筈だがね」

市兵衛は伊丹の出方を窺った。

「知らぬ……」

伊丹は強張《こわば》った面持ちで否定した。

「伊丹さん、大沢欽之助は町医者瀬川順庵殺しに絡んで殺されちまってね。誰がどうして殺ったんだか、まったく下手な真似をしてくれたもんだよ」

「下手な真似……」

「ああ。たとえ三十俵二人扶持の取るに足らない同心でも、殺されたとなりゃあ町奉行所も遠慮はしない。どんな汚い手を使ってでも下手人を捕らえ、事の真相を暴くもんだよ」

市兵衛は、伊丹の動揺を誘うように嘲笑《あざわら》った。

伊丹は狙い通り動揺した。

「伊丹さん、町奉行所の探索ってのはね。お奉行さんが動かしているんじゃあない。私たち貧乏同心と与力が動かしているんだ。そいつを嘗《な》めちゃあならないよ」

市兵衛は、伊丹に次々と楔《くさび》を打ち込んだ。打ち込まれた楔は、伊丹を通じて一関藩江戸屋敷の重臣たちの耳に届く。そして、一関藩はどう動くのか。市兵衛は賭けた。

伊丹は事の深刻さを改めて思い知らされたのか、顔色を変えて後退《あとずさ》りをした。

そして、身を翻し、足早に青山百人町の往来を一関藩江戸下屋敷に向かった。

市兵衛はその場に佇み、見送った。急に喉の渇きを覚えた。

「旦那……」

平七と庄太が駆け寄って来た。

「丁度良いところに来た。どこかで一杯やろう」

市兵衛は平七と庄太を誘った。

湯は湯船に満ち溢れ、流れ落ちた。

お蝶は湯船に浸かり、伽羅香の香りを消し去った。

「秋山久蔵……」

お蝶は呟き、久蔵の顔を思い浮かべた。

苦笑する久蔵の顔は、浅黒く引き締まっていた。

肌は火照《ほて》り、息苦しさを覚えた。

お蝶は湯船に立ち上がった。湯は玉となり、豊満な乳房やくびれた腰から転がり落ちた。


酉の刻暮れ六つ。

南町奉行所の表門は既に閉められており、久蔵は門番たちに見送られて潜り戸を出た。

「これは秋山さま……」

台所下男の喜十が、裏手から提灯《ちょうちん》を手にして現れた。

「申し訳ねえが、どこの誰だったかな」

久蔵は尋ねた。

「へい。台所下男の喜十にございます」

「そうか……」

「お帰りにございますか」

「ああ……」

「あの、手前もこれから、御台所役の近藤《こんどう》さまのお屋敷に使いに参ります。御一緒して宜《よろ》しいでしょうか」

台所役近藤甚内《じんない》の組屋敷は、久蔵と同じ八丁堀の北島町《きたじまちょう》にあった。

「ああ、いいよ」

「ありがとうございます」

喜十は、歩き出した久蔵の足元を提灯で照らした。

久蔵と喜十は、掘割沿いに八丁堀に向かった。

「喜十はいつから南に奉公しているんだ」

「つい最近にございます」

「道理で覚えのない顔だと思ったぜ」

夜の掘割には月が映え、蒼白《あおじろ》く染まった流れは音もなかった。

喜十は久蔵の足元を提灯で照らし、身をかがめるようにして歩いた。

「秋山さま、大沢さまを殺めた下手人、何処の誰か分かったのでございますか」

喜十が恐る恐る尋ねてきた。

「そいつがまだ、はっきりはしねえんだな」

「そうですか……」

喜十の声音には、落胆が含まれていた。

「気になるのかい」

「えっ、ええ。大沢さまには何かとお世話になりましたので……」

喜十は鼻水を啜りながら答えた。

「そうか……」

久蔵と喜十は楓川に架かる弾正橋を渡り、本八丁堀の通りに出た。

「じゃあ喜十、俺は左に曲がるぜ」

秋山家は八丁堀岡崎町にあり、喜十が行く台所役近藤の組屋敷はその先を左に曲がった北島町にあった。

「いえ、お屋敷まで……」

「喜十、気遣いはいらねえ。早々に使いを済ませて帰るんだな」

「いいえ、秋山さま、手前は構いませんので」

久蔵と喜十は左に曲がり、岡崎町に進んだ。

「わざわざすまなかったな……」

久蔵は喜十に礼を述べた。

「いいえ、とんでもございません。では、これにて御無礼致します」

喜十は久蔵に深々と頭を下げ、足早に北島町に向かった。

「旦那さま、お帰りなさいませ」

潜り戸から与平が現れた。

「おう、与平、こいつを頼むぜ」

久蔵は羽織を脱いで与平に渡し、喜十の後を追った。

南町奉行所の提灯は揺れながら進み、北島町の組屋敷街に入った。そして、北島町を通り抜け、亀島町川岸《かめじまちょうがし》通りに出た。

喜十は、南町奉行所台所役近藤甚内の組屋敷に寄らず、北島町を通り抜けたのだ。近藤の組屋敷に寄るというのは、自分と一緒に帰る口実に過ぎなかった。そして、大沢欽之助は台所下男に情けを掛け、世話をするような男ではない。喜十は久蔵に嘘をついた。

その正体と狙いはなんだ……。

久蔵は喜十を追った。

二

喜十は亀島川に架かる亀島橋を渡り、霊岸島《れいがんじま》に入った。そして、富島町《とみじまちよう》一丁目の川沿いの裏長屋に入った。

暗い家の中には、仄《ほの》かな灯りが浮かんでいた。

「矢崎《やざき》の旦那……」

喜十が仄かな灯りに囁いた。

「喜十か……」

男の低い声が、仄かな灯りの届かない暗がりからした。

喜十は驚いたように振り向いた。

浪人の矢崎平八郎《へいはちろう》が、刀を手にして暗がりにいた。

「南町奉行所の動きはどうだ」

「今も与力の秋山久蔵と一緒に来たのですが、別に変わった様子はありません」

「秋山と一緒に……」

矢崎は冷たく喜十を一瞥した。

「へい。探りを入れてやりましたよ」

喜十は得意気に笑った。

「それで、秋山はどうした」

「大沢殺しの下手人、まだはっきりしねえと」

「秋山がそう云ったのか……」

「へい。剃刀久蔵、渾名ほどの野郎じゃありませんぜ」

喜十が手柄顔に頷いた。

「分かった。元締にそう伝えておく」

「じゃあ、これで……」

「ああ、気をつけて帰るんだな」

矢崎は喜十を冷たく一瞥し、行燈の仄かな灯りを消した。

喜十は戸を開け、辺りに異常がないのを確かめて出て行った。

喜十は提灯を掲げ、亀島川沿いを足早に進んだ。

物陰から現れた久蔵が、暗がり伝いに喜十を追った。

行く手に亀島橋が見えてきた。

喜十は先を急いだ。

刹那、喜十の行く手の暗がりが揺れ、渦を巻いた。

しまった……。

久蔵は地を蹴った。

喜十は暗がりから現れた矢崎に戸惑い、立ち竦んだ。次の瞬間、矢崎の刀が閃《ひらめ》いて喜十の腹を貫いた。

喜十は夜目にも鮮やかな血を振り撒《ま》き、茫然とした面持ちで崩れ落ちた。

久蔵が猛然と駆け付けて来た。

矢崎は素早く喜十から離れ、久蔵を迎え撃った。

久蔵の刀が、横薙《よこな》ぎの光芒《こうぼう》となって瞬いた。

金属音が鋭く響き、火花が散った。そして、焦げ臭い匂いが漂った。

矢崎は一気に後退し、久蔵の見切りの内から脱して対峙《たいじ》した。

直心影流《じきしんかげりゅう》の使い手……。

久蔵は矢崎の力を見抜いた。だが、矢崎は亀島橋の欄干を背負っていた。

もう後退はできない……。

久蔵は静かに踏み込み、ゆっくりと間合いを詰めた。

矢崎は微かに笑い、やはり間合いに踏み込んできた。

久蔵はなおも踏み込んだ。

互いの見切りの内が重なった時、勝負は一瞬にして決まる。

久蔵と矢崎は刀を構え、惹《ひ》き合うように互いに近寄った。そして、互いの見切り内が重なりかけた時、矢崎は亀島川の暗い流れに身を躍らせた。水飛沫《みずしぶき》が月明かりに煌めいた。

久蔵は小柄《こづか》を抜き、矢崎が浮かび上がるのを待った。だが、矢崎は暗い川に潜ったまま浮かびあがらず、その行方を晦《くら》ませた。

「おのれ……」

矢崎は久蔵との勝負を避けた。

久蔵は小柄を鞘《さや》に戻し、喜十に駆け寄った。

「喜十」

久蔵は喜十を抱き起こした。

喜十は腹を深々と突き刺され、既に絶命していた。

喜十は闇の始末屋の一味であり、南町奉行所に潜り込んで大沢殺しの成り行きを調べていたのだ。

その喜十が久蔵に接触したのは、敵にとって出過ぎた真似だったのだ。そして、久蔵が喜十に不審を抱いたと敏感に察知し、その口を早々に封じたのだ。確かに喜十は、出過ぎた真似をした。

邪魔となれば冷酷に始末する。

冷てえもんだぜ……。

久蔵は、闇の始末屋の非情さを知った。

江戸湊から吹き抜ける風は、生温かく不気味なものを感じさせた。

行燈の炎は、苛立つように上下に揺れた。

「それで口を封じましたか……」

大黒天の勘右衛門は、微かな苛立ちを見せた。

「うむ。案の定、秋山久蔵は喜十に眼を付け、追って来ていた」

矢崎は濡れた着物を着替え、信吉に出して貰った酒を飲んでいた。

「喜十……」

「喜十め……」

勘右衛門は吐き棄《す》てた。

「相手は剃刀久蔵、まったく下手な真似をしたものだ」

「それで矢崎さん、南町奉行所の動きは……」

「喜十の報せでは、秋山はまだ何も分かっちゃあいないと……だが、このざまだ。喜十の報せは役には立たぬ」

「逆に喜十が尻尾《しっぽ》を見せてしまったか……」

「左様。おそらく秋山久蔵は、喜十が南町奉行所に奉公したいきさつと請け人を辿る筈」

「あの、元締……」

勘右衛門に緊張が浮かんだ。

信吉が躊躇いながら言葉を挟んだ。

「どうした……」

「船頭仲間に聞いたのですが、南町奉行所の奴ら、屋根船を持っている家を探しているとか……」

「屋根船を持っている家だと……」

「へい。船宿や料理屋じゃなくて屋根船を持っている家だそうです」

勘右衛門の緊張は満面に広がった。

「元締……」

「うむ。狙いはこの私のようだ……」

秋山久蔵たちの手は、意外なほどに伸びてきていた。


台所下男喜十の死は、南町奉行所に異様な緊張をもたらした。

久蔵は喜十の身許を辿った。そして、筆頭同心稲垣源十郎は激怒し、数十人に及ぶ奉公人の身許を厳しく洗い直した。

喜十は、物書《ものかき》同心吉本竜之進《よしもとりゅうのしん》の口利きで奉公していた。当然、身請人も吉本竜之進だった。物書同心とは、当番与力の指示に従って書記をするのが役目である。

久蔵は吉本竜之進を呼んだ。

吉本竜之進は二十代後半の独り者であり、女好きの遊び人との専《もっぱ》らの噂だった。

「吉本、喜十は何処の誰なんだ」

「そ、それは……」

吉本は蒼ざめ、言葉を濁した。

「吉本、喜十の野郎は、大沢殺しと関わりがあるんだぜ」

「大沢さん殺しと……」

「ああ、大沢殺しの探索が何処まで進んでいるか、そいつを密かに調べる為に下男として潜り込んでいた」

吉本は項垂《うなだ》れ、微かに震えた。

「お前とどんな関わりだ」

「秋山さま、私は過日、酒に酔い、無頼の者どもと喧嘩になり、無念ながらも袋叩きにされました。その時、通り掛かった年寄りが金で話を付けてくれて……」

「喧嘩の元は女かい」

「お、畏《おそ》れ入りましてございます」

吉本は額を畳にこすりつけた。

「で、どうしたんだ」

「助けてくれた年寄りに礼をしたいと云ったら、町奉行所に奉公したがっている男がいると……」

「そいつが喜十で身請人になったのか」

「はい。まさか喜十がそんな奴とは……」

吉本は後悔に身を震わせた。

「吉本、お前を助けてくれたって年寄り、名前は何ていうんだい」

「神田で明神屋という口入屋を営んでいる富五郎と申します」

「そいつは嘘だ」

久蔵は苦笑した。

吉本が怪訝に久蔵を見た。

「明神屋の富五郎は死んでいるぜ」

「えっ」

吉本は驚いた。

神田の口入屋『明神屋』の富五郎は、去年の暮れに聖天の長兵衛殺しの黒幕としてお縄になり、既に処刑されていた。

「吉本、その年寄り、十徳を着た白髪頭の爺いじゃあねえのか」

「左様です……」

吉本は驚いたように眼を丸くした。

「秋山さま、どうしてそれを……」

「吉本、お前は喜十をここに潜り込ませる為、大沢を殺した始末屋にはめられたんだよ」

「では、あの白髪頭の年寄りは……」

「おそらく始末屋の元締だろうよ」

「元締……」

吉本は茫然と呟き、小刻みに震えた。

「つまり、手前は始末屋の手伝いをした訳だ」

「申し訳ございません……」

吉本は脇差を抜き、己の腹に突き立てようとした。

「馬鹿野郎」

久蔵は一喝し、吉本の脇差を叩き落とした。

吉本は平伏し、無様《ぶざま》に身を震わせた。

「手前が今、その小汚ねえ腹を引っ掻いてみたところで何も解決しやしねえんだ」

「はい……」

「それにな吉本、腹を切って無駄に棄てる命なら、俺が貰うぜ」

「えっ……」

吉本は怯《おび》えた。

「ふん。敵は喜十の口を封じた。そして、次は白髪頭の爺いの顔を知っているお前の命を狙うだろうな」

「わ、私の命……」

吉本は思わず身を固くした。

「ああ……」

久蔵は厳しい面持ちで頷いた。

和馬と弥平次たち、そして雲海坊と由松たちの屋根船探しは、何の成果もなく続いていた。

下っ引の幸吉と飴売りの直助は、弥平次や雲海坊とは別に白髪頭の年寄りを追っていた。だが、白髪頭の年寄りは、幸吉と直助の探索にも浮かんではいなかった。

湯島天神の境内は、いつもどおり参詣客で賑わっていた。

幸吉と直助は、境内の茶店に立ち寄った。

茶店は大沢欽之助が死ぬ直前、十徳を着た白髪頭の年寄りと逢っていたところだ。

「あっ、親分さん」

茶店の奥から茶店娘が、床几《しようぎ》に座った幸吉と直助に駆け寄って来た。

「おう、どうしたい」

「白髪頭のおじいさんが……」

「見掛けたのかい」

幸吉は意気込んだ。

「はい。たった今、不忍池の方に……」

「直さん」

幸吉は茶店娘に礼を云うのも忘れ、女坂に走った。

「ありがとうよ」

直助が茶店娘に礼を述べ、幸吉に続いた。

幸吉と直助は、女坂を駆け下りて不忍池に急いだ。そして、切通坂下町《きりどおしさかしたちよう》を抜けて通りに出た時、行く手に白髪頭が見えた。

「直さん……」

幸吉が緊張した声を弾ませた。

「ああ、ようやく見つけたな」

十徳を着た白髪頭の年寄りが、浪人を従えて不忍池に向かっていた。

幸吉と直助は、ようやく見つけた白髪頭の年寄りに少なからず興奮した。

下手な興奮と焦りは命取りになる……。

幸吉と直助は、充分に距離を取って慎重に尾行した。

白髪頭の年寄りと浪人は、不忍池の畔にある料亭『水月《みなづき》』に入った。『水月』に入る前、浪人は油断なく辺りを警戒した。

幸吉と直助は、小さな吐息を洩らした。

「どうする」

直助は『水月』の入口を見詰め、幸吉に尋ねた。

「きっと水月で誰かと逢うんだろうが、下手に訊いて歩く訳にはいかない」

「ああ……」

料亭『水月』に乗り込み、十手を翳《かざ》すのは容易な事だ。だが、白髪頭の年寄りが、『水月』と何らかの繋がりがあったらようやくつかんだものが一瞬にして失われるのだ。そして、下手に潜り込んだり、忍び込んだところで発見されると終わりだ。

焦りは禁物なのだ……。

幸吉と直助は、『水月』の入口が見える植込みの陰に潜み、白髪頭の年寄りと浪人が出て来るのを待った。

「直さん……」

「ああ……」

幸吉と直助は、一方からやって来る頭巾《ずきん》を被った武士の一行に気付いた。

頭巾を被った武士は、二人の武士を従えて料亭『水月』に入った。『水月』の女将と仲居たちが現れ、頭巾の武士たちを迎えた。

「おいでなされませ」

「うむ。勘右衛門は来ておるか」

頭巾の武士が女将に尋ねた。

「はい。先ほど、お見えにございます」

頭巾の武士たちは、女将に案内され『水月』にあがって消えた。

「直さん……」

「ああ、おそらく白髪頭の爺いの相手だ」

「確か勘右衛門って云ったよな」

「ああ。間違いねえ」

直助は頷き、緊張に喉を鳴らした。

十徳を着た白髪頭の年寄りの名は、〝勘右衛門〟なのだ。

幸吉と直助は、植込みの陰で微かに身震いした。

植込みが風に揺れた。


奥州一関藩江戸留守居役田之倉《たのくら》兵衛《ひようえ》は、頭巾を取って座った。

大黒天の勘右衛門と矢崎平八郎が、頭を下げた。

「田之倉さまには御機嫌麗しく……」

「勘右衛門、そのような挨拶、無用だ」

田之倉兵衛は不安を見せた。

「……何か」

勘右衛門は眉を顰めた。

「又、煩《うるさ》い不浄役人が現れた」

田之倉は憮然《ぶぜん》とした面持ちで吐き棄てた。

「又にございますか」

「左様。南町奉行所臨時廻り同心蛭子市兵衛と申す者だ」

「蛭子市兵衛……」

「その蛭子なる同心が、下屋敷にいる伊丹倉之助を見張っているそうだ」

「それはそれは……」

「大沢欽之助を始末したと申すのに……」

田之倉は苛立ちを浮かべた。

「勘右衛門、大沢同様何とかならぬか」

「さあて……」

勘右衛門は冷えた茶を啜った。

「どうした」

田之倉が焦れた。

「田之倉さま、大沢欽之助の時は、大沢一人でやった事。ですが此度《こたび》は違います」

勘右衛門は田之倉に厳しい顔を向けた。

「違う……」

「はい。大沢殺しの探索を指揮しているのは秋山久蔵と申す与力。蛭子なる同心の背後には、その秋山がいるのです」

「秋山久蔵……」

「悪党の間では〝剃刀久蔵〟と渾名されている者です」

「〝剃刀久蔵〟か……」

「御存知ですか」

「うむ。噂を聞いた事がある」

「ならば、どのような者か説明はいりますまい。田之倉さま、今度の相手はその秋山久蔵なのでございます」

田之倉は微かな怯えを浮かべた。

「秋山は、既に手前どもにも手を伸ばして来ておりましてな」

「勘右衛門にもか……」

田之倉は眼を丸くして驚いた。

「はい。ですので、幾ら蛭子市兵衛を始末したところで秋山は次の手を打ってきます。それも、今まで以上に厳しい手を……」

勘右衛門は田之倉の反応を窺った。

「ならば、どうしたら良いのだ」

田之倉の顔は苦悩に満ちた。

「……田之倉さま、最早《もはや》手立ては只一つにございます」

勘右衛門は冷徹に告げた。

一刻《とき》ほどの時が過ぎた。

料亭『水月』から頭巾を被った武士が、二人の供侍を従え女将たちに見送られて出て来た。

「どうする」

直助が緊張した。

「あっしが追います。直さんは勘右衛門って爺いをお願いします」

「分かった。相手は侍、充分に気を付けるんだぜ」

「ええ。直さんも……」

「ああ。無理はしないよ」

直助は笑った。

頭巾の武士たちは、女将たちに見送られて明神下《みょうじんした》の通りに向かった。

「じゃあ、くれぐれも気を付けて……」

幸吉は直助を残し、頭巾の武士たちを追った。

直助は植込みに潜《ひそ》み、勘右衛門と云う名の白髪頭の年寄りと浪人の出て来るのを待った。

四半刻が過ぎた時、白髪頭の勘右衛門と浪人が現れ、やはり明神下の通りに向かった。

直助は、充分な距離を取って尾行を始めた。

白髪頭の勘右衛門と浪人は、湯島天神から不忍池に来た。帰りも同じ道を行くとしたなら、おそらく湯島天神を抜けて神田川に出る。そして、船着場から船に乗る……。

直助はそう睨み、余裕をもって尾行した。

神田川に出た頭巾の武士たちは、昌平橋を渡って日本橋に向かった。

頭巾の武士の供侍は、時々立ち止まっては尾行者の有無を確かめ、油断なく進んだ。

幸吉は慎重に尾行した。

白髪頭の勘右衛門と浪人は、明神下の通りから神田川に向かっていた。

やっぱり奴らは舟に乗る……。

直助は路地を駆け抜け、昌平橋の船着場に急いだ。

三

船着場には数隻の舟が揺れていた。

直助は船宿『笹舟』の舟を探した。運が良かった。『笹舟』の船頭の勇次《ゆうじ》が、係留した猪牙舟で居眠りをしていた。

直助は勇次の猪牙舟に乗った。

勇次は驚き、飛び起きた。

「勇次、俺だよ」

「直さん……」

「客待ちか」

「いや。昨夜、ちょいと飲み過ぎてね。客を送った帰りに一休みさ。それより直さん、御用の筋かい」

「ああ。お前が怠けていてくれて助かったよ」

「違いねえ」

勇次は苦笑した。船頭の親方の伝八が、怠けているのを知ったら只では済まない。

「で、どうするんだい」

「奴らだ……」

直助は船着場に降りてくる白髪頭の勘右衛門と浪人を示した。

白髪頭の勘右衛門と浪人は、桟橋の端に繋がれている屋根船に向かった。

屋根船……。

親分の弥平次たちの探している屋根船だ。

直助は緊張した。

白髪頭の勘右衛門と矢崎平八郎は、船頭に声を掛けて屋根船に乗り、障子の内に入った。

船頭の信吉は、素早く屋根船を神田川の流れに乗せた。

「追ってくれ」

直助は勇次を促した。

「合点だ」

若い勇次は、威勢良く猪牙舟を漕《こ》ぎ出した。

「勇次、見失うなよ」

「猪牙だが、大船に乗った気でいてくれ」

勇次は巧みに屋根船を追った。

屋根船は筋違御門、和泉橋、新し橋、浅草御門、そして柳橋を潜って隅田川に進んだ。

直助は、柳橋の船宿『笹舟』の船着場に人影を探した。弥平次に報せ、助っ人を頼むつもりだった。だが、珍しい事に『笹舟』の船着場に人影はなかった。

仕方がない……。

直助が諦めた時、勇次の猪牙舟は屋根船を追って隅田川に出た。

白髪頭の勘右衛門と浪人を乗せた屋根船は、隅田川を遡った。

勇次は数隻の舟を間にし、巧みに屋根船を追った。

屋根船は吾妻橋を潜り、尚も隅田川を遡った。やがて左手に山谷堀《さんやぼり》、今戸町《いまどちよう》の家並みが過ぎ去った。

「直さん、こいつは千住だよ」

勇次は屋根船の行方を読んだ。

「千住……」

「ああ、きっとね」

向島が過ぎ、千住大橋が行く手に見えてきた。

屋根船はゆっくりと千住大橋の南詰、小塚原町《こづかはらちよう》の船着場に寄り始めた。

千住小塚原は、浅草の仕置場とも呼ばれる処刑場があり、品川の鈴《すず》が森《もり》と並んで名高かった。小塚原と鈴が森は、磔《はりつけ》・獄門・火焙《ひあぶ》りの刑の仕置場であり、斬首は牢屋敷内のみで行われた。

小塚原は略して〝コツ〟と呼ばれていたが、それは骨の〝コツ〟の〝骨が原〟が転訛《てんか》したとされる。だが、本当は傍に『牛頭天王社《ごずてんのうしや》』があり、〝牛頭が原〟からきているのが正しいとされる。

千住小塚原と品川鈴が森が刑場になったのは、江戸の南北の入口で幕府の威光を示す為に他ならなかった。

白髪頭の勘右衛門と浪人を乗せた屋根船は、千住大橋を過ぎた岸辺の雑木林の隣にある寮の植込みの陰に入って行った。

「上手いところに船着場を造ったもんだぜ」

勇次は感心した。

「ああ……」

ようやく突き止めた……。

直助は安堵感に包まれた。

勇次の猪牙舟は、船着場をゆっくりと通り過ぎた。

白髪頭の勘右衛門と浪人の矢崎平八郎は、屋根船を降りて寮に入っていった。

そして、船頭の信吉が屋根船を繋いで続いた。

「どうする、直さん」

「奴らを調べてみる。千住大橋の船着場に着けてくれ」

「そいつは構わねえが、一人で大丈夫かい」

勇次は心配した。

「なあに周りにちょいと聞き込むだけだ。勇次、親分にお報せして助っ人を連れてきてくれ」

「分かった。急いで行って来るけど、直さん、くれぐれも無理しちゃあならねえよ」

「ああ、心配するな」

直助は笑って見せた。
勇次には、直助の笑いが何故か哀しげに見えた。
直助は夕陽を浴び、船着場から往来に駆け上がって行った。
勇次は不吉な胸騒ぎに襲われ、猛然と猪牙舟を柳橋に急がせた。

千住小塚原の町は、夕陽に赤く染まっていた。
直助は、白髪頭の勘右衛門に関する聞き込みを始めた。

愛宕下大名小路に連なる大名屋敷は、夕暮れの静けさに包まれていた。
頭巾の武士と二人の供侍は、奥州一関藩田村家の江戸上屋敷に入っていった。
幸吉は見届けた。
頭巾の武士は、一関藩江戸屋敷の重臣なのだ。
勘右衛門と呼ばれる白髪頭の年寄りは、田村家の江戸詰重役と密かに逢ったのだ。
闇の始末屋は、一関藩の重役の依頼で大沢の旦那を殺めやがった……。
幸吉は確信した。

今日はこれまでだ……。

幸吉は身を翻し、夕暮れの町を柳橋に向かって走った。


柳橋の船宿『笹舟』には、川遊びをする客が訪れ始めていた。

女将のおまきや養女のお糸は、仲居や船頭たちと忙しく働いていた。

勇次の猪牙舟が、船着場に着いたのはそんな時だった。

「何処に行っていたの、勇次さん」

お糸が厳しく咎《とが》めた。

「それどころじゃあねえんだ、お糸ちゃん。親分は戻っているかい」

勇次は血相を変え、苦しく息を鳴らした。

普通じゃない……。

お糸はすぐに御用の筋だと気付き、養父の弥平次の部屋に走った。

「お父っつぁん」

お糸は弥平次の返事を待たず、襖《ふすま》を開けた。

部屋には弥平次と和馬、そして鋳掛屋の寅吉と夜鳴蕎麦屋の長八がいた。

「どうしたお糸」

弥平次はお糸の慌てようを読んだ。

「お父っつぁん、勇次さんが血相を変えて」

弥平次は十手を握り、素早く部屋を出た。

「船着場です」

お糸が叫んだ。

弥平次は船着場に急いだ。

和馬が寅吉や長八と続いた。

勇次は船着場から台所にあがり、水を貰って飲んでいた。

「どうした、勇次」

弥平次が現れた。

「親分、直さんが白髪頭の爺いを追って千住の小塚原に……」

勇次は、水に噎《む》せながら懸命に告げた。

「直助は一人か」

「へい」

弥平次は緊張した。

「幸吉は一緒じゃあないのか」

「幸吉の兄貴は、白髪頭の爺いと逢っていた侍を追っ掛けたと……」

弥平次は余程でない限り、一人での探索は許していない。

闇の始末屋は、直助一人の手に余る。

弥平次は不吉な予感に襲われた。そして、その緊張は高まった。

「それで直さん。船着場のある寮に入った爺いを調べると……」

「親分、直助が突き止めたんだ」

和馬が興奮した。だが、弥平次には興奮より懸念が先に立った。

「勇次、今すぐ千住に戻れるか」

弥平次の声は厳しかった。

「へい。仰るまでもなく」

勇次は船着場に走った。寅吉と長八が続いた。

「お糸、伝八たちが戻ったら千住小塚原だと伝えてくれ」

「分かりました」

お糸は上擦《うわず》った声で返事をした。

「じゃあ旦那、参りましょう」

「おう」

弥平次と和馬は、船着場に急いだ。

千住小塚原には私娼の遊廓があり、夜は宿場に泊まる旅人で賑わっていた。

直助は盛り場で聞き込みを続けていた。

白髪頭の勘右衛門を知る者は少なく、分かったのは日本橋室町《むろまち》の米問屋の隠居という事だけだった。

そいつが本当かどうか……。

直助は諦めず、聞き込みを続けた。

大黒天の勘右衛門の眼は、針のように細くなって不気味に光った。

「俺を調べている……」

「へい。どうやら岡っ引の手先のようです」

小塚原の盛り場で居酒屋を営む親父が、薄笑いを浮かべて告げた。

「末松《すえまつ》、間違いねえんだな」

「そりゃあもう……」

末松と呼ばれた居酒屋の親父は、嬉しそうに頷いた。末松は、勘右衛門が小塚原の町に配してある見張りの一人だった。不運にも直助は、末松にも聞き込みを掛けてしまっていた。

「元締、おそらくそいつも秋山久蔵の息が掛かっている」

矢崎平八郎が苦く笑った。

「秋山の……」

「うむ。となるとこの家も割れた筈……」

「元締、どうします」

船頭の信吉が狼狽《ろうばい》した。

「剃刀久蔵……」

勘右衛門は悔しげに呻《うめ》いた。

「とにかくこの家を棄てるのが一番だな……」

矢崎は冷静に告げた。

「うむ。だが、このまま逃げるのも面白くねえ話だ」

「ならば、土産《みやげ》の一つも残していくか」

「ああ……」

勘右衛門の眼が残忍に笑った。

盛り場の賑わいは続いていた。

直助は飯屋で腹拵えをし、最後の聞き込みをしようとしていた。

「兄い……」

飯屋を出た直助に声が掛かった。

直助が怪訝に振り向いた。居酒屋の親父が駆け寄ってきた。

「さっきはどうも……」

「いや。どうかしたのかい」

「いえね、あの寮の勘右衛門の事なんだがね」

「何か思い出したのかい」

「いるんだよ、今、その勘右衛門がよ」

「何処だ」

直助は身を乗り出し、居酒屋の親父に小粒を握らせた。

「案内してくれ」

「こっちだ」

居酒屋の親父・末松は、暗い路地に直助を案内した。

路地奥に隅田川の流れが見えた。

末松が立ち止まった。

「どうした親父」

直助は戸惑った。

末松が振り返り、面白そうに笑った。

しまった……。

直助は瞬時に事態を悟り、暗い路地を抜け出そうと振り向いた。だが、背後に浪人の矢崎平八郎がいた。そして、白髪頭の勘右衛門が、信吉を従えて末松の傍に現れた。

「手前……」

直助は末松を睨み付け、懐から萬力鎖《まんりきぐさり》を出した。萬力鎖は、長さ二尺強の鎖の左右に分銅《ふんどう》のついた捕物道具である。

直助たち弥平次の手先は、久蔵に捕物道具を与えられ、万一の時に備えて手ほどきを受けていた。

「萬力鎖か……」

矢崎は面白そうに笑った。

「やはり、秋山久蔵の手先だな」

勘右衛門は嘲りを浮かべた。

直助は萬力鎖を構え、逃げ道を探した。

逃げ道は一つ……。

勘右衛門を襲って怯《ひる》ませ、隅田川に飛び込むしかない。

飛び込めない時は……。

直助は覚悟を決め、萬力鎖を振るって猛然と矢崎平八郎に襲い掛かった。矢崎は咄嗟《とっさ》に身を引いて萬力鎖を見切った。刹那、直助は反転し、勘右衛門に突進した。

居酒屋の親父末松が仰《の》け反《ぞ》って倒れ、信吉が直助の腰にしがみついた。

「死ね……」

勘右衛門が顔を赤く染め、匕首《あいくち》を月明かりに輝かせた。

直助は脇腹に激痛を覚えた。

勘右衛門は白髪頭を振り、匕首で直助の脇腹を抉《えぐ》った。

直助の全身に激痛と痺《しび》れが走った。

「野郎……」

直助は苦しく罵《ののし》り、勘右衛門に抱きついた。そして、勘右衛門の腰の煙草《たばこ》入れの根付《ねつけ》を握った。

勘右衛門は直助を振り払おうとした。だが、直助は抱きついたまま離れなかった。

信吉と末松が、直助を力ずくで引き離した。直助は、引き離されながらも萬力鎖を振るった。末松が悲鳴をあげ、顔を押えて飛ばされた。

「死んでたまるか……」

直助は血塗《ちまみ》れになり、よろめきながら必死に隅田川に向かった。

次の瞬間、矢崎平八郎が直助の背を袈裟懸に斬った。

直助の身体が、地面に激しく叩きつけられた。だが、直助は斬られ、叩きつけられた痛みを感じなかった。

直助の眼の前が暗くなった。

僅かに残った仄かな明かりに、とっくに死んだおりんの顔が浮かんだ。

おりん……。

直助が、生涯只一人愛した女だった。おりんは博奕《ばくち》打ちだった直助を庇《かば》い、身代わりになって死んでいった女郎だ。仄かな明かりに浮かんだおりんは、微笑《ほほえ》みながら消えて行った。そして、親分の弥平次と寅吉や長八たち手先仲間の顔が、次々と浮かんでは消えていった。

親分……。

直助の呟きは声にはならなかった。眼の前の仄かな明かりはいきなり消えた。

直助は右手に萬力鎖を持ち、左手を固く握り締めて息絶えた。

飴売りの直助は、千住小塚原の隅田川岸辺で死んだ。

猪牙舟の舳先は、隅田川の暗い川面を切り裂くように進んだ。

勇次は懸命に櫓《ろ》を漕いだ。

弥平次と寅吉に長八、そして和馬たちは不安に包まれ、交わす言葉もなかった。

千住大橋が黒々と見えてきた。

「何処だ、勇次」

寅吉が怒鳴った。

「もうすぐです」

勇次が怒鳴り返した。

その時、行く手の岸辺に赤い炎が燃え上がった。

「火事だ」

長八が叫んだ。

燃えているのは、白髪頭の勘右衛門の住む岸辺の寮だった。

「親分、あそこです」

勇次が慌てた。

しまった……。

弥平次は不吉な思いに包まれた。

半鐘《はんしょう》の打ち鳴らされる音が、夜空に響き渡った。

「岸に着けろ」

和馬が怒鳴った。

勇次は猪牙舟を岸に着けた。

弥平次と和馬たちが、素早く岸辺に降りて燃え上がる寮に走った。

寮は激しく燃え盛り、炎は植込みの陰の船着場に繋がれた屋根船に広がろうとしていた。

「寅吉、長八、屋根船だ」

弥平次は怒鳴り、和馬と燃える寮の中に踏み込んだ。

「誰かいるか」

弥平次と和馬は叫んだ。だが、寮の中から返事はなく、人のいる様子はなかった。

寅吉と長八、そして駆け付けた勇次が船着場に係留されていた屋根船を隅田川に引き出した。

町役人《ちょうやくにん》と火消したちが駆け付け、消火作業が始まった。

白髪頭の年寄りと浪人は、何処に姿を消したのか……。

弥平次と和馬は、消火を見守るしかなかった。

「親分」

勇次の悲痛な叫び声があがった。

弥平次と和馬は、川べりに繋がれた屋根船に走った。

「どうした」

勇次は、屋根船の傍に半泣きで立ち尽くしていた。

弥平次と和馬は、屋根船の障子の内に入った。寅吉と長八が、直助の遺体の傍に茫然と蹲《うずくま》っていた。

「直助……」

弥平次が呟いた。

「直助……」

和馬が直助の名を呼び、遺体を揺り動かした。右手に握っている萬力鎖が、微かに音を鳴らした。

「起きろ、直助。起きろ」

和馬は怒鳴り、尚も直助の遺体を揺り動かした。そして、直助を呼ぶ和馬の声は、次第に涙に濡れてきた。

「御苦労だったな、直助……」

弥平次はそっと呼び掛け、静かに手を合わせた。寅吉と長八のすすり泣きが洩れた。

炎は音をあげて激しく燃え上がり、赤い火の粉を撒き散らしていた。白髪頭の勘右衛門と始末屋に関わる物は、何もかも赤く躍る炎に焼き尽くされていった。

第三章

大黒天《だいこくてん》

一

秋山屋敷に明かりが灯された。

「直助が殺された」

久蔵は香織に着替えを手伝わせながら、息を弾ませている和馬に問い質《ただ》した。

「はい……」

「殺ったのは誰だ」

「始末屋たちの仕業かと……」

和馬と弥平次は、戻って来た幸吉の話から直助の行動の顚末《てんまつ》を知った。

「で、直助は勘右衛門って白髪頭の年寄りの棲家《すみか》を突き止めたわけだ」

「はい。そして、正体を調べていたのを気付かれて……」

和馬は鼻水を啜った。

敵は直助を殺し、探している屋根船にその死体を乗せ、これみよがしに棲家に火を放った。

挑戦……。

それは、久蔵に対する挑戦なのだ。

「よし、いくぜ」

着替えた久蔵が、次の間から現れて玄関に向かった。和馬と久蔵の刀を持った香織が続いた。

久蔵と和馬は、香織と与平お福夫婦に見送られて組屋敷を出た。


柳橋の船宿『笹舟』は、客を断って暖簾《のれん》を仕舞った。

弥平次は、寅吉と長八に手伝わせて直助の遺体を洗い清めた。寅吉と長八、そして直助の三人は、弥平次の古手の手先だった。三人は長い間、一緒に探索して助け合いながら闘ってきた仲だった。

弥平次たちは、黙ったまま優しく直助の遺体を清めた。

直助の左手は、固く握り締められて硬直していた。

弥平次は直助の左手を根気良く揉み解《ほぐ》し、硬直を解いて開かせた。

小さな大黒天の彫り物が、開かれた左手から転げ落ちた。

「親分……」

寅吉が怪訝に拾い上げた。

「大黒天ですか」

長八が覗き込んだ。

「うん。根付だな……」

小さな大黒天は、印籠《いんろう》や煙草入れなどを帯に下げる為に付けられた象牙《ぞうげ》の根付だった。

直助は、大黒天の根付を握り締めて殺されたのだ。それは、おそらく最期の時、相手にしがみついて奪い取ったものなのかも知れない。

「こいつは、直助の最後の手柄かもしれないな……」

弥平次は、大黒天の根付を握り締めた。

直助の遺体は、弥平次の座敷に安置された。

弥平次は幸吉と寅吉、長八、雲海坊、由松たち手先、伝八と勇次たち船頭、おまきとお糸、仲居や板前たちと一緒に弔《とむら》いの座に着いた。

「雲海坊……」

「はい」

「経を読んでやりな」

弥平次が雲海坊に命じた。

「親分、あっしは坊主は坊主でも……」

子供の頃に口減らしに寺に入れられ、逃げ出した贋坊主に過ぎない。

「いいじゃあないか、仲間の雲海坊に経をあげて貰えれば、直助も喜んでくれるさ」

「そうだよ雲海坊。きっと直さん、どんな偉いお坊さまのお経より、お前のお経の方が笑って成仏《じょうぶつ》できるって……」

おまきが涙を拭った。

「雲海坊、親分や女将さんの仰る通りだぜ」

「俺たちからも頼む、雲海坊」

寅吉と長八が、雲海坊に勧めた。

「承知しました」

雲海坊は、直助の遺体の前に進み出た。

「直さん、いろいろお世話になりました」

雲海坊は直助の遺体に深々と頭を下げ、経を読み始めた。

お糸のすすり泣きが洩れた。そして、仲居たちの泣き声が続いた。

幸吉と由松が、喉を引き攣《ひつ》らせて涙を零した。直助と最後に一緒だった勇次は、平伏して嗚咽《おえつ》を洩らした。伝八は顔を涙と鼻水で濡らし、子供のように手放しで泣いた。

直助、お前を殺った奴は必ずお縄にしてやる。だから迷わず成仏してくれ……。

弥平次は心に誓った。誓ったのは弥平次だけではない。下っ引の幸吉と手先の寅吉、長八、由松も誓った。勿論、涙声で懸命に経を読む雲海坊も……。

「お前さん……」

おまきが驚いたように弥平次に囁いた。

「どうした」

「秋山さまが……」

弥平次は慌てて振り返った。

久蔵が和馬を従え、奉公人たちの背後の末席に座って手を合わせていた。

弥平次は立ち上がろうとした。だが、久蔵は目顔でそれを制した。

何事も直助の弔いを済ませてからだ……。

久蔵は眼でそう告げた。

弥平次は会釈《えしやく》をし、座り直した。

直助、良かったな……。

弥平次の眼に涙が溢《あふ》れた。

雲海坊の読む経は、涙にまみれて途切れながら続いた。


直助の弔いは終わった。

久蔵は弥平次、市兵衛、和馬、幸吉を呼び、事件を整理した。

「それで、不忍池の畔の水月って料亭で勘右衛門が逢った頭巾を被った侍、何処の誰だったんだい」

久蔵は幸吉に問い質した。

「はい。名前までは突き止められませんでしたが、愛宕下一関藩江戸上屋敷の侍でした」

「やっぱりな……」

おそらく伊丹倉之助は市兵衛に脅され、上屋敷の重職に報せたのだ。報せを受けた重職は、大沢殺しを頼んだ始末屋勘右衛門に逢って相談した。

「って事は、まさか……」

弥平次が市兵衛を見た。

「私が始末屋に狙われるかな」

市兵衛は苦笑した。

「違いますかね」

弥平次が眉を顰めた。

「ま、市兵衛の睨み通りだろうが……。市兵衛、相手は剃刀使いの女の他に直心影流の使い手の浪人がいる。油断はねえと思うが、気をつけるんだな」

「はい……」

市兵衛は頷いた。

伊丹倉之助に接触した時、始末屋の手が己に伸びてくるのは覚悟の上だ。市兵衛は密かに闘志を燃やした。

「それから秋山さま、直助はこいつを握り締めて死んでいました」

弥平次は小さな大黒天の根付を見せた。

「大黒天の根付か……」

「ひょっとしたら、勘右衛門って白髪頭の年寄りのものかもしれませんね」

白髪頭の勘右衛門は、寮に火を放って証拠になる物の全てを焼き尽くした。直助が握っていた大黒天の根付は、残された只一つの手掛かりなのかもしれない。

「直助の最後の働きかもな……」

「はい」

「よし、直助の働きを無駄にしちゃあならねえ。親分、和馬、大黒天の根付の持ち主を探すんだ」

「心得ました」

和馬が意気込んだ。そして、弥平次が静かに頷いた。

屋根船の線は切れた。

弥平次は、寅吉と長八を大黒天の根付の持ち主探しに動員した。雲海坊と由松は、千住から消えた白髪頭の勘右衛門の足取りを追い、幸吉は一関藩江戸上屋敷にいる頭巾の武士の正体を突き止める事になった。

大沢欽之助に続き、直助が始末屋の手に掛かった。

久蔵は静かな怒りを燃やした。

着流しの侍が、八丁堀岡崎町の秋山久蔵の組屋敷を訪れた。

「義兄上、北町奉行所の白縫半兵衛《しらぬいはんべえ》さまがお見えにございます」

香織が久蔵に取り次いだ。

「知らぬ顔の半兵衛が……」

「はい。お報せしたい事があるとか……」

白縫半兵衛は北町奉行所の臨時廻り同心であり、〝知らぬ顔の半兵衛〟と渾名される人情味溢れる同心だ。久蔵とは、南と北の違いがあっても一緒に事件を追った仲だった。

「よし、通って貰いな」

「はい……」

半兵衛は脇差だけを帯び、気軽な様子で現れた。

「御無沙汰《ごぶさた》しております」

「そいつはこっちもだ。ま、座ってくれ」

久蔵は座布団を勧めた。

「御無礼します」

半兵衛は静かに久蔵に対した。

「この度は、大沢さんと直助がとんだ事になりまして……」

半兵衛は悔やみを述べた。

「流石に参ったぜ」

久蔵は淋しげに笑って見せた。

「それで、報せてえって事はなんだい」

「始末屋に関わりのある白髪頭の年寄りを追っているとか……」

「ああ。心当たりあるのかい」

「名前は……」

半兵衛の眼が鋭く輝いた。

「勘右衛門……」

「やはり……」

「知っているのか」

「はい。おそらく大黒天の勘右衛門でしょう」

「大黒天の勘右衛門……」

久蔵の脳裏に、直助の握っていた大黒天の根付が浮かんだ。

「はい。始末屋の元締でしてね。昔、追った事があるのですが、まんまと逃げられましてね。以来、音沙汰を聞かなかったのですが」

「又、現れたか」

「そうなりますすね……」

闇の始末屋の元締大黒天の勘右衛門が、ようやく久蔵の前に姿を見せ始めた。

「半兵衛、大黒天の勘右衛門、どんな野郎か詳しく教えてくれるかい」

「何なりと……」

半兵衛は頷いた。

久蔵と半兵衛の話し合いは、小半刻に及んだ。


和馬と弥平次は、寅吉、長八と大黒天の根付の出処《でどころ》を追っていた。大黒天の根付は、注文で作られた品物と思われた。

和馬と弥平次たちは、根付職人を当たった。だが、江戸に根付職人は大勢いる。

和馬と弥平次たちは、江戸の町を根気良く調べ歩いた。


雲海坊と由松は、勘右衛門の足取りを追っていた。

あの夜、勘右衛門は、配下の者たちと直助を殺して浅草に向かっていた。雲海坊と由松は、慎重に足取りを探した。


市兵衛と神明の平七は、一関藩藩士伊丹倉之助の監視を続けていた。青山の奥州一関藩江戸下屋敷は、門を閉じていて出入りする者も少なかった。

大名家の江戸下屋敷は、上屋敷とは違って別荘的役割が強く、詰めている藩士たちも少人数だった。

市兵衛は、平七と下っ引の庄太に分かった事を教え、闇の始末屋の次の標的は自分だろうと告げた。

平七は頷き、市兵衛に伊丹の監視を止めるように勧めた。

「平七、身を隠すぐらいなら端《はな》から伊丹と話をしたりしないよ」

「じゃあ、市兵衛の旦那は、我が身を囮《おとり》にして……」

「まあな。だから平七、私に万一の事があった時は、相手を尾行して必ず隠れ家を突き止めるんだよ」

市兵衛は平七に言い聞かせた。そこに悲壮感はなく、楽しんでいる様子が窺えた。

平七は、市兵衛の覚悟と度胸に感服した。

市兵衛は一関藩江戸下屋敷の門前に我が身をさらし、伊丹と始末屋の出方を待った。

久蔵は吉本竜之進を呼んだ。

吉本竜之進は大黒天の勘右衛門の正体を知らずに、配下の喜十を南町奉行所の台所下男に推薦した物書同心だ。

「出来たか」

「はい……」

吉本は、数十枚の似顔絵を久蔵に差し出した。

似顔絵には、白髪頭の年寄りの顔が描かれていた。

「こいつが、大黒天の勘右衛門かい」

「はい。私に神田の口入屋明神屋の富五郎と名乗った年寄りです」

吉本は久蔵に命じられ、大黒天の勘右衛門の人相書を作っていたのだ。

「御苦労だったな」

「はっ。では……」

吉本は人相書の全てを置き、久蔵の用部屋を出ようとした。

「吉本……」

「はっ」

「お前は始末屋大黒天の勘右衛門の顔を見ている。せいぜい気をつけるんだぜ」

吉本竜之進は激しく動揺した。

「秋山さま……」

「一件が片付くまで女遊びは控えろ。ふらふら出歩くんじゃあねえぞ」

「は、はい」

吉本は緊張に震えた。

久蔵は苦笑した。


久蔵は勘右衛門の人相書を懐に入れ、柳橋の船宿『笹舟』に向かった。

『笹舟』に弥平次や幸吉たちはいなく、女将のおまきが迎えに現れた。久蔵はおまきに勘右衛門の人相書を渡し、早々に『笹舟』を後にした。

追い廻していれば、追い廻される事もある……。

久蔵は己の身辺を警戒した。

船宿『笹舟』は、岡っ引の弥平次の家であり、女房である女将のおまきと養女のお糸が大勢の奉公人たちと暮らしている。岡っ引の弥平次にとって『笹舟』は〝城〟であり、〝弱味〟でもある。大黒天の勘右衛門が、いつ手を出してくるか分かりはしない。

それを回避する為にも、久蔵は『笹舟』に長居をするのを止めた。

久蔵は、己の身辺に始末屋の眼を探した。だが、始末屋らしき視線はなかった。

船宿『笹舟』を出た久蔵は、両国広小路に足を向けた。

両国広小路には出店や見世物小屋が軒を連ね、大勢の見物客で賑わっていた。

久蔵は賑わいに身を晒《さら》し、油断なく進んだ。

始末屋の元締・大黒天の勘右衛門は、伊丹倉之助に付き纏《まと》う市兵衛より、久蔵を狙って来るかも知れない。

蛇を始末するには、先ずは頭を斬り落とすに限る……。

秋山久蔵を始末すれば、南町奉行所の探索の手は緩む。

勘右衛門はそう読み、久蔵に対して何らかの手を打ってくる。

久蔵は密かにそれを期待し、両国広小路の賑わいに身を晒していた。

背後に寄り添う人の気配を感じた。

女……。

久蔵は振り返ろうとした。

「このまま……」

女の艶《つや》っぽい囁きがした。

久蔵は振り向くのを止めた。

「このまま歩けば、いいのかい」

「ええ。薬研堀《やげんぼり》に……」

女は嬉しげに返事をした。

久蔵は広小路を南に進み、薬研堀に向かった。女は久蔵の背に寄り添って進んだ。

薬研堀は両国広小路の南の外れにあり、隅田川に臨む小さな掘割だ。

「そこを右に……」

女は久蔵に囁いた。

久蔵は薬研堀の手前、米沢町《よねざわちょう》三丁目の辻を右に曲がった。次の瞬間、久蔵は振り向いた。

女は予測していたのか、艶然と微笑みながら佇んでいた。お蝶だった。

久蔵は苦笑した。

「何か用かい」

「お酒、良かったら付き合っちゃあくれませんか」

お蝶は久蔵を誘った。

「ええ。すぐそこに美味《おい》しいお酒を飲ませる店がありましてね、旦那と一緒に飲みたいなって……」

「酒かい……」

笑顔で誘う女は、大沢の首の血脈を斬り裂いた始末屋かも知れない。たとえそうであっても、先ずは女の正体と狙いを突き止めなければならない。

「お前と飲めば、どんな酒でも美味《うま》いかもしれねえな」

久蔵は誘いに乗った。

「ところでお前、名前はなんてんだい」

「お蝶。空を飛ぶ蝶々のお蝶ですよ」

「空飛ぶお蝶か……」

久蔵は笑った。

薬研堀に繋がれている船が、風もないのに揺れて小波を広げた。

座敷の窓から隅田川が見えた。

お蝶は久蔵を小料理屋『花《はな》や』に案内し、二階の座敷にあがった。『花や』は、初老の板前の竹造《たけぞう》と女房のおもんが営んでいた。

「いらっしゃいませ」

おもんが酒と突き出しを出した。その時、伽羅香の香りが微かに漂った。

伽羅香……。

久蔵は僅かに動揺した。

伽羅香の女はお蝶……。

久蔵はそう睨んでいた。だが、お蝶に伽羅香の香りはせず、おもんが微かに漂わせていたのだ。

「さあ、どうぞ……」

お蝶はお銚子を手に取り、久蔵に酒を勧めた。久蔵は酒を猪口に受け、静かに飲んだ。

お蝶が云った通り、酒は美味かった。そして、身体に異常は感じなかった。

「如何《いかが》ですか」

お蝶は、楽しげに久蔵の顔を覗き込んだ。

「ああ。お蝶の云う通り、美味い酒だな。お前も一杯やんな」

久蔵はお蝶に酒を勧めた。

「ありがとうございます」

お蝶は久蔵の酌《しゃく》を受け、酒を飲み干して艶っぽく微笑んだ。

二

鬼が出るか蛇が出るか……。

久蔵は、お蝶と酒を酌み交わした。

川風は心地良く吹き抜けている。

おもんが、鰹《かつお》の刺身に腹身の塩焼き、隠元《いんげん》と小茄子《こなす》の醬油漬けなどを出した。

どれも美味い料理は、『花や』の主で板前の竹造の作ったものだった。

美味い酒と料理……。

お蝶は喜び、楽しげに酒を飲んで箸を動かした。

久蔵はお蝶の出方を窺いながらも、ゆったりと酒を飲んだ。

「お蝶、俺の名を訊かなくていいのかい」

「いいじゃありませんか、旦那。私は旦那とお酒を飲みたくなった。何処の何様かなんてどうだっていいんですよ」

お蝶は笑った。艶っぽさの消えた邪気のない笑顔だった。

「面白え……」

久蔵は苦笑した。

「旦那にもいろいろおありでしょうが、私にもいろいろありましてねえ。今日一日ぐらいは、何もかも忘れて気持ち良くお酒を飲みたい……」

お蝶は、空になった猪口を久蔵に差し出した。久蔵は酒を満たしてやった。

お蝶の狙いが何処にあるかは分からない。だが、今はお蝶の云う通り、酒と料理を楽しむのも悪くはない。

久蔵は腹を据《す》えた。

一刻ほどが過ぎた。

「あら、みんな空になりましたねえ」

お蝶は空になった銚子を集め、新しい酒を貰いに座敷を出て行った。

久蔵は吐息を洩らして立ち上がり、窓の外の隅田川に眼をやった。夕陽に赤く染まり始めた隅田川の岸辺に、緋牡丹《ひぼたん》の絵柄の半纏《はんてん》を着た男が誰かを待っている風情でしゃがんでいた。時が過ぎた。

お蝶は戻って来なかった。

隅田川の岸辺にいた緋牡丹の半纏を着た男は、既に姿を消していた。

「お邪魔します」

おもんが、新しい銚子を持って入って来た。

「お蝶はどうした」

「はい。先ほどお帰りになりました」

思った通りだ……。

「そうか、帰ったか……」

久蔵は苦く笑うしかなかった。

お蝶は勘定を払い、久蔵を残して帰ってしまっていた。

お蝶の狙いは何だったのか……。

久蔵と単に酒を飲みたかっただけなのか、それとも他に狙いがあったのだが方針を変えたのか。

久蔵はおもんの酌で酒を飲んだ。

「女将、お蝶は何者だい」

「さあ、お侍さまはご存知ないのですか」

「ああ……」

「私もお客さまとしか……」

おもんの戸惑いに嘘は見えなかった。

「お蝶、良く来るのかい」

「それほどでもございませんが、時々おみえになります」

「一人でかい」

「はい。大抵は……。お二人でおみえになったのは、お武家さまが初めてにございます」

伽羅香の香りが、おもんから仄かに漂った。

「そうか、ところで女将、そいつは伽羅香だね」

「はい。匂い袋です」

おもんは、帯の間から小さな匂い袋を出して見せた。

「お嫌いだったでしょうか」

「いいや。伽羅香の匂い袋、いつも持っているのかい」

「はい……」

おもんは微笑んだ。

久蔵は酒を飲んだ。

『花や』を出たお蝶は、西に進んで浜町堀《はまちょうぼり》に架かる千鳥橋《ちどりばし》を渡り、元浜町《もとはまちょう》の家に戻った。

「お帰りなさいませ」

中年の下男梅次《うめじ》が迎えに出てきた。

「お風呂沸いているかい」

「はい……」

お蝶は湯殿に向かった。

お蝶が家に入ったのを、物陰で緋牡丹の絵柄の半纏を着た男が見送っていた。

男は北町奉行所臨時廻り同心白縫半兵衛の手先を務める役者崩れの鶴次郎《つるじろう》だった。

鶴次郎はお蝶の家を見届け、素早く身を翻した。

お蝶は脱衣場に行き、着物を脱ぎ捨てた。豊満な身体は、酒に淡く火照っていた。お蝶は湯船に浸った。湯が溢れ、流れ落ちた。

「湯加減は如何ですか、お嬢さま……」

下男の梅次が、外の焚《た》き口から声を掛けて来た。

「丁度いいよ」

「そうですか。それからお嬢さま、元締がお呼びだと、信吉が……」

「元締が」

「今夜、深川に来てくれと……」

「深川……」

「へい」

「分かったよ」

お蝶は湯船の縁に頭を乗せ、天井に向かって大きく息を吐いた。

酒の酔いは、温まった身体にゆっくりと染み渡った。

両国広小路の雑踏で偶然、久蔵を見つけて酒に誘った。

久蔵はお蝶の誘いに乗った。誘いに乗ったのは、お蝶を伽羅香の女だと思っての事なのだ。だが、この日のお蝶は、伽羅香を身につけていなかった。

久蔵は勧められた酒を飲み、料理を食べた。そこには警戒心よりも、いざとなれば己を棄てる冷徹な性格が見て取れた。久蔵はお蝶の思った通りの男だった。

お蝶はゆっくり湯に浸かった。

元締の勘右衛門や矢崎も知らない自分と久蔵だけの秘密……。

久蔵とのひと時は、お蝶にとって楽しいものだった。

湯は心地良くお蝶を包んでいた。


青山の一関藩下屋敷は、夜の闇にひっそりと沈んでいた。

市兵衛と神明の平七は、下屋敷に潜む伊丹倉之助が動くのを待ち続けた。だが、伊丹が現れる気配はなかった。

下っ引の庄太が、酒と握り飯を調達してきた。三人は、下屋敷が見える百人組の組屋敷の家作を借り、張り込みを続けていた。

「旦那……」

外を窺っていた平七が緊張した。

「どうした」

市兵衛は素早く窓を覗いた。

五人の勤番武士が、一関藩の下屋敷に入って行った。

「一関藩の藩士のようですね」

「うん。五人か……」

下屋敷に常時いる藩士は、伊丹を入れて六人だった。そして、五人の藩士が夜になって訪れた。

市兵衛は不吉な予感に襲われた。

下屋敷は静まり返っていた。

「旦那……」

平七が、不安げな眼差しを市兵衛に向けた。

「平七、お前も胸騒ぎがするかい」

「ええ。旦那もですか」

「うん」

市兵衛と平七は、庄太を連れて一関藩下屋敷の門に張り付き、中の様子を何とか知ろうとした。

刀の斬り結ぶ音が微かに聞こえた。

不吉な予感は当たった。

「旦那……」

平七が血相を変えた。

屋敷内では斬り合いが始まっていた。そして、斬り結ぶ刀の音と怒号は、次第に門に近付いて来ていた。

「庄太」

平七は庄太を地面に手をつかせ、その背を踏み台にして身軽に土塀の屋根に跳んだ。

平七は土塀の上に伏せ、下屋敷内を窺った。

下屋敷内では、伊丹倉之助が五人の藩士たちと斬り合っていた。

伊丹は血塗れになり、泣きながら闘っていた。藩士の一人の刃が伊丹の背中を襲った。伊丹は大きく仰け反り、背中から血を振り撒いた。だが、必死に倒れるのを堪《こら》え、懸命に応戦した。

「旦那、伊丹がなぶり殺しにされちまう」

平七は驚いた。

伊丹倉之助を闇に葬れば、一関藩の後顧の憂いはなくなる。

一関藩江戸上屋敷の重臣たちは、非情な決断を下したのだ。

伊丹が殺されてしまうと、浜松町の町医者瀬川順庵殺しの真相は闇に消える。

市兵衛は焦った。

伊丹は、必死に下屋敷の外に逃げようとしていた。

市兵衛は表門の傍の潜り戸を叩いた。

だが、潜り戸は開かなかった。

「火事だ。一関藩の下屋敷が火事だ」

咄嗟に市兵衛は大声で叫んだ。

連なる鉄砲隊百人組の組屋敷から声があがり、人が飛び出して来た。

人は〝人殺し〟と叫ばれたら身を縮めるが、〝火事だ〟と叫ばれると家を飛び出す。

「火事だ。一関藩の下屋敷が火事だ」

市兵衛と庄太が大声で叫び続けた。

一関藩の藩士たちは、下屋敷が火事だとの叫び声に動揺した。

大名家の藩邸が、火事を出して許される筈はない。下手をすればお家断絶だ。

藩士たちは動揺せずにはいられなかった。

伊丹はその隙を突き、よろめきながら潜り戸に走った。

平七は土塀の屋根を蹴り、屋敷内に飛び込んだ。

「親分」

庄太が驚いた。

市兵衛は潜り戸に走った。

屋敷内に飛び込んだ平七は、よろめく伊丹に肩を貸し、潜り戸に走った。

藩士たちが気付き、慌てて追った。

平七は伊丹を抱きかかえ、門番を蹴倒して潜り戸の閂《かんぬき》を抜いて戸を開けた。同時に外にいた市兵衛と庄太が、平七と伊丹を引きずり出した。

「大丈夫か」

「はい」

「よし、伊丹を早く医者に連れて行け」

平七と庄太は、伊丹を背負って走った。

市兵衛は、続いて飛び出して来た藩士たちの前に立ち塞がった。

「退け」

藩士たちが吼《ほ》えた。

「それより火事だ。火事はどうした」

市兵衛は怒鳴り返した。

「そうだ。火事だ。火事はどうしたのだ」

「青山百人町での火事騒ぎは、我ら百人組の責めとなる。火事はどうなったのだ」

火事と聞いて駆けつけた百人組の面々が、一関藩士たちに猛然と詰め寄った。

一関藩士たちは、将軍家直参の御家人たちの勢いに押された。

市兵衛は騒ぎに紛れ、その場を離れた。

「旦那……」

庄太が駆け寄って来た。

「何処だ」

「こっちです」

庄太は、市兵衛を一町ほど離れた組屋敷に案内した。

その組屋敷は家作を持っており、町医者が借りていた。平七と庄太は、伊丹倉之助をそこに担ぎ込んだ。

市兵衛が駆けつけた時、医者は血止めに躍起《やっき》になっていた。だが、滅多斬りにされた伊丹の身体から血は流れ続けていた。

「どうだ」

市兵衛は見守っている平七に尋ねた。

「旦那……」

平七は首を捻《ひね》った。

「無理だな……」

医者は眉を顰め、舌打ちをした。

伊丹の顔色は既に蒼白になり、意識を朦朧《もうろう》とさせていた。

「ならば、訊いても構いませんか」

「早くした方が良い」

医者は市兵衛と平七が何者か気付き、訊きたい事があれば早くしろと勧めた。

市兵衛は伊丹に尋ねた。

「伊丹、お主は藩の命令で瀬川順庵を手に掛けたんだな」

「そうだ……」

伊丹は、眼を開ける力もなく頷いた。藩の為に順庵を斬った伊丹は、既に藩の邪魔者として始末された。最早、一関藩に恩義を感じる必要はない。

「何故だ」

「ど、毒だ……」

「毒……」

市兵衛は思わず聞き返した。

伊丹は苦しげに頷いた。

「旦那……」

平七が次を知りたがった。

「うん。伊丹、順庵先生に毒を用意して貰ったのか」

伊丹は頷き、長い呻きを笛のように洩らした。

医者が伊丹の様子を診《み》た。

「母上……」

伊丹倉之助は微かに呟き、涙を零して息絶えた。

「これまでだ……」

医者が告げた。

市兵衛と平七は、大きな溜息を洩らした。

火事騒ぎは治まったのか、外には夜の静けさが戻っていた。

久蔵が台所に入った時、囲炉裏端《いろりばた》で茶を啜っていた鶴次郎が姿勢を正した。

「御苦労だな鶴次郎」

「いいえ。とんでもございません」

「で、突き止めたかい」

「はい。女は元浜町の家に……」

「元浜町か」

「はい。下男の中年男と二人で暮らしているようです」

久蔵は、昨夜訪れた白縫半兵衛に頼み、手先の鶴次郎を借り、己に接触する者を調べるように命じていたのだ。

お蝶は鶴次郎の尾行に気付かず、元浜町の家を突き止められた。

久蔵は切り絵図を広げた。

鶴次郎は切り絵図を辿り、お蝶の家の界隈を示した。

「よし。分かった」

「じゃあ、あっしはこれで……」

鶴次郎は、囲炉裏端から立ち上がろうとした。

「あっ、お帰りの前にお蕎麦でも……」

香織が慌てた。

「おお、それがいい。腹が減っただろう」

「えっ……」

鶴次郎は戸惑った。

「お前も知っているだろうが、蕎麦は柳橋のところの長八の手打ちだ」

「それに貝柱の天麩羅《てんぷら》ですよ」

お福が、名前どおりの福々しい顔をほころばせた。天麩羅蕎麦の匂いが、美味そうに漂ってきた。

与平が酒を満たした湯呑茶碗を差し出し、にやりと笑った。

「遠慮なく戴きます」

鶴次郎は座り直した。

四半刻が過ぎた頃、鶴次郎は天麩羅蕎麦を食べ終え、茶碗酒を飲み干して帰った。そして、裏口に蛭子市兵衛が現れた。

「これは蛭子さま……」

与平が台所に迎え入れた。

後片付けをしていた香織が久蔵に報せ、お福が茶を淹れて差し出した。

市兵衛は音を立てて茶を啜った。

「どうした」

久蔵は異変を察知し、厳しい面持ちで市兵衛に尋ねた。

「一関藩士伊丹倉之助が殺されました」

「殺された」

久蔵は緊張した。

「はい。青山の一関藩下屋敷で同じ藩士たちの手に掛かり……」

「厄介者として始末されたか……」

「大名家とは冷たいものです」

市兵衛は淡々と事の顚末を語った。

「で、瀬川順庵殺しはどうなった」

「それなのですが、伊丹が息を引き取る寸前に、自分が手に掛けたと認めました」

「手に掛けた訳は」

「毒だそうです」

「毒……」

「はい。瀬川順庵に毒を用意して貰い、その口封じに斬った。どうやらそんなところらしいです」

「おそらく伊丹は、藩のお偉いさんの命令で毒を密かに手に入れたのだろう」

「ええ。そして、大沢はその毒の使い道を知り、一関藩に接触して始末屋に殺された……」

「ま、そんなところだろう」

「さて、どうします」

「うむ。市兵衛、伊丹倉之助の死体、どうした」

「神明の平七が今、密かに茅場町《かやばちょう》の大番屋に運んでおります」

一関藩が伊丹倉之助の死を藩内の出来事として葬る為には、その死体が必要だ。藩士たちは、伊丹の死体を探し廻っているはずだ。だが、市兵衛と平七は、伊丹の死体を巧妙に隠し、青山百人町から運び出した。

「よし。このままじゃあ伊丹倉之助は成仏できまい」

「では……」

「ああ。俺が引導を渡してやるぜ」

久蔵は不敵に笑った。


町並みが途切れると、潮騒《しおさい》が聞こえ材木の匂いが漂い始めた。

梅次の漕ぐ猪牙舟は、お蝶を乗せて仙台堀を東に下った。仙台堀の名の謂れは、堀の北側に仙台藩松平陸奥守《むつのかみ》の蔵屋敷があったからである。そして、隅田川との合流地に架かる上《かみ》の橋《はし》から次の海辺橋《うみべばし》までが仙台堀と称された。堀は尚も続き、『二十間川《にじっけんがわ》』と云われていた。

梅次の漕ぐ猪牙舟は、仙台堀から二十間川を進み、亀久橋《かめひさばし》、要橋《かなめばし》を潜った。そして、猪牙舟は、大横川と交差する崎川橋《さきかわばし》の船着場に着いた。船着場の南と北には深川の木置場があり、東に広大な埋立地が続いていた。

猪牙舟を降りたお蝶は、梅次を伴って船着場の傍にある茶店を訪れた。

お蝶は、茶店の閉められた戸を叩いた。

「誰だい」

中から信吉の声がした。

「私ですよ」

信吉が戸を開け、顔を見せた。

お蝶は梅次を伴い、茶店に入った。信吉が尾行の有無を確かめて戸を閉め、さるを掛けて心張り棒をかった。

「元締は……」

「奥でお待ちかねです。どうぞ」

信吉は、お蝶と梅次を奥に案内した。

茶店は既に潰れたのか、竈《かまど》や積み重ねられた縁台は埃《ほこり》を被っていた。

「元締、お蝶姐さんと梅次の父っつぁんです」

信吉は裏庭の離れ屋に声を掛けた。

「入りな」

大黒天の勘右衛門の声がした。

信吉が戸を開け、お蝶と梅次に入るように促した。

「失礼しますよ」

お蝶と梅次が、離れ屋の座敷に入った。

薄暗い座敷に、勘右衛門と浪人の矢崎平八郎が酒を飲んでいた。

「やあ、夜更けにわざわざすまないね」

「いいえ。どうしたんですか、千住は」

「秋山の手が伸びてね。燃やしてしまったよ」

勘右衛門が苦笑した。

「秋山の手が……」

お蝶の脳裏に久蔵の顔が過ぎった。

「ああ。流石に剃刀久蔵だ。何もしちゃあいないような面をして抜かりはねえ」

「そうですか……」

信吉が、お蝶と梅次のそれぞれに銚子と肴《さかな》を持って来た。

「すまねえな」

梅次が礼を云い、お蝶の猪口を満たし、手酌で酒を飲んだ。

お蝶は、猪口の酒を僅かに嘗めた。その時、突き刺さるような視線を感じた。

視線の先には、薄笑いを浮かべた矢崎平八郎がいた。

「どうかしましたか、矢崎の旦那」

お蝶は猪口を置いた。

海が荒れてきたのか、潮騒が夜の静けさに大きく響いた。

三

「今日はもう飲んでいると見えるな」

矢崎は、視線をお蝶に置いたまま酒を飲んだ。

「えっ……」

「酒には眼のねえお蝶姐さんにしちゃあ、大人しい飲みっぷりじゃあねえか」

矢崎の視線に探りが入った。

昼間、正体を隠して〝剃刀久蔵〟を誘い、一緒に酒を飲んだとは云えない。

「ふん。昼間、ちょいとね……」

お蝶は苦笑して見せた。

「誰と飲んだんだい」

勘右衛門が冷たい眼差しを向けた。

「ちょいとした知り合いですよ」

お蝶は猪口の酒を飲み干した。

久蔵の顔が再び過ぎった。

「まあ、いい……」

勘右衛門が猪口を空け、お蝶に向き直った。

お蝶は僅かに身構えた。

「ところでお蝶、今夜わざわざ来て貰ったのは他でもねえ。一人、始末して貰うよ」

勘右衛門は二つの切り餅を差し出した。

お蝶は微かに緊張し、梅次の眼が鋭く光った。

「五十両の前金とは、何処の誰ですか」

お蝶に不安が湧いた。

「お蝶、そいつは秋山久蔵、剃刀久蔵に決まっているさ」

勘右衛門は薄く笑った。

「秋山久蔵……」

獲物はやはり久蔵だった。

お蝶は、不意に浮かんだ微かな動揺を素早く隠した。

「ああ、剃刀久蔵だ。奴がいる限り、一関藩も儂も枕を高くして眠れはしない。後金も五十両。一刻も早く始末してくれ」

〝剃刀久蔵〟の命代百両……。

難しいが面白い始末……。

お蝶の想いが複雑に交錯した。

「お嬢さま……」

お蝶は、梅次の囁きに我に返った。

勘右衛門と矢崎が見詰めていた。

「どうなんだお蝶、引き受けるんだろうな」

「そりゃあもう……」

獲物が誰か聞き、断る訳にはいかない……。

「やりますよ」

お蝶は笑った。

勘右衛門は冷たく笑い、お蝶の猪口に酒を満たした。

お蝶は勘右衛門に笑みを投げ掛け、猪口の酒を飲み干した。

「お蝶、秋山久蔵は一筋縄ではいかぬ。いざとなれば、久蔵の弱味を突くんだな」

矢崎の眼が狡猾《こうかつ》さに溢れた。

「久蔵の弱味ですか……」

「ああ、久蔵は死んだ奥方の妹を引き取って暮らしている。久蔵の唯一の弱味は、その義理の妹だろう」

「義理の妹……」

お蝶は思わず呟いた。

「ああ……」

矢崎は残忍な笑みを浮かべた。

お蝶は猪口に酒を満たした。

酒の揺れる表面に、久蔵の顔が浮かんだ。

久蔵の唯一の弱味は義理の妹……。

お蝶は、猪口に満たした酒を一気に飲み干した。


江戸湊に日が昇った。

波は煌めいて打ち寄せる。

東海道を上る旅人たちが、高輪《たかなわ》大木戸に向かって急いでいた。

市兵衛と神明の平七は、伊丹倉之助の死体を乗せた大八車を庄太に牽《ひ》かせて、愛宕下大名小路に入った。

大名小路は朝日を浴び、連なる大名屋敷の甍を輝かせていた。

奥州一関藩江戸上屋敷前の物陰では、久蔵と幸吉が市兵衛たちの到着を待っていた。

一関藩藩主田村右京太夫は、奥州の国元に帰っており、上屋敷には側室と新たに世継ぎになった村貞《むらさだ》が家臣たちと暮らしていた。

一関藩田村家江戸上屋敷は、元禄《げんろく》十四年（一七〇一）に江戸城松之廊下で刃傷《にんじょう》

沙汰《ざた》を起こした赤穂藩主《あこうはんしゅ》浅野内匠頭《あさのたくみのかみ》が切腹したところである。

「秋山さま……」

幸吉は不安げに久蔵を見た。

「いいな幸吉、死んだ直助の為にも、大黒天の勘右衛門と逢っていた頭巾の侍を見つけるんだぜ」

「はい」

幸吉は緊張した面持ちで頷いた。

大八車が近付いてくる音がし、市兵衛と平七が姿を現した。

「来たぜ……」

久蔵が物陰から出た。幸吉は身震いし、後に続いた。

一関藩江戸留守居役田之倉兵衛は、下屋敷に派遣した家臣たちの報告に憮然とした。

伊丹倉之助を滅多斬りにし、絶命寸前だったのは確かのようだ。だが、何者かが火事騒ぎを起こし、その隙に連れ出されて消えた。

伊丹はおそらく死んだ。だが、誰が何故、連れ去ったのか……。

田之倉兵衛は言い知れぬ不安を覚え、眠れぬ夜を過ごした。

「田之倉さま……」

家臣が緊張した面持ちで廊下に来た。

「何用だ」

「はっ。南町奉行所与力秋山久蔵殿がお見えにございます」

「秋山久蔵……」

田之倉に昨夜の不安が蘇《よみがえ》った。

「如何致しましょう」

たとえ何があっても、一関藩三万石は護らなければならない。

田之倉は覚悟を決めた。

久蔵は市兵衛を従え、玄関先で待っていた。

田之倉兵衛が、家臣たちを従えて奥から現れた。

「秋山殿ですかな……」

田之倉は僅かに身構えていた。

「左様、南町奉行所与力秋山久蔵、これなるは同心の蛭子市兵衛……」

「蛭子市兵衛です」

市兵衛は会釈をした。拙者は一関藩江戸留守居役……」

「申し遅れました。

「田之倉兵衛さんだね」

久蔵はいきなり踏み込んだ。

田之倉は戸惑い、頷いた。

「落とし物を届けに来たぜ」

「落とし物……」

「ああ。市兵衛……」

「はい。平七……」

平七が返事をし、大八車を牽く音がした。

庄太の牽く大八車が、平七と幸吉に伴われて表門を潜ってきた。荷台に幾重にも掛けられた筵が揺れた。

田之倉と家臣たちは眉を顰めた。

「落とし物とは……」

田之倉は、大八車の荷台を見詰めた。

幸吉は、田之倉兵衛の声に聞き覚えがあった。その声は、不忍池の畔の料亭の表で聞いた頭巾の武士の声だった。

「市兵衛……」

「はい。昨夜、青山百人町の裏路地で見つけましてね」

市兵衛は大八車の荷台の筵を取った。伊丹倉之助の死体があった。

田之倉兵衛と家臣たちは、少なからずうろたえた。

「伊丹倉之助……」

家臣から呟きが洩れた。

「辛うじて息があったので、何とか助けてやろうとしたのですがね」

「息があった……」

「ええ。ですが無理でした。ま、いろいろと話は出来ましたがね」

田之倉に狼狽が走った。

「伊丹、どのような事を……」

「左様、自分を斬った者たち。過日、浜松町で殺された町医者の事……」

市兵衛は、田之倉たちの様子を見定めながら告げた。

「そして毒……」

久蔵は鋭く斬り込んだ。

　田之倉たちは、まさに刀で斬りつけられたように蒼ざめた。

　久蔵は二の太刀を放った。

「それから田之倉さん。過日、南町の同心が不覚にも何者かに殺されましてな。伊丹の言い残した事によれば、その一件も毒に関わりがあるとか……」

　久蔵と市兵衛は、田之倉たちの反応を窺った。

　伊丹を下屋敷から連れ去ったのは、久蔵の配下たちなのだ。

　久蔵は何もかも知っている……。

　田之倉は微かに震え、家臣たちは刀の柄を握り締めていた。

　久蔵たちの睨みは、どうやら当たっているようだ。

　これまでだ……。

　久蔵はそう判断した。

「じゃあ、伊丹倉之助の遺体、せめて懇《ねんご》ろに弔ってやるんですな」

　久蔵は冷笑した。

　田之倉は我に返り、伊丹の死体を引き取れと家臣たちに命じた。

　家臣たちは伊丹の死体に手を合わせ、大八車から降ろして裏手に運んで行った。

「邪魔をしたな」

久蔵は微笑み、踵《きびす》を返した。

「秋山殿……」

田之倉は厳しく呼び止めた。

久蔵は微かな殺気を感じた。

久蔵と市兵衛、そして平七と庄太と幸吉の五人。表門を閉ざし、一関藩江戸上屋敷に忍び込んだ乱心者として始末するのは容易だ。

「なんだい……」

久蔵はゆっくり振り向いた。

市兵衛と平七、幸吉、庄太は身構えた。

「御造作を掛けた……」

田之倉が頭を下げた。

「いや、礼には及ばねえ。市兵衛……」

「はい。行くよ、庄太」

市兵衛は庄太の牽く大八車を先導し、平七や幸吉と一関藩江戸上屋敷を出た。

久蔵は油断なく殿《しんがり》を務め、表門を出た。

表門は音を鳴らして閉められた。

久蔵と市兵衛たちは、溜池から続く掘割に架かる土橋《どばし》を渡り、お濠端を数寄屋橋御門に向かった。

南町奉行所に戻った久蔵は、市兵衛は勿論、神明の平七と庄太、そして幸吉を用部屋に招いた。

「で、どうだった幸吉」

「へい。お留守居役の田之倉兵衛さま、不忍池の畔の料亭で大黒天の勘右衛門と逢っていた頭巾の侍に間違いございません」

「やはりな……」

「大沢の旦那、順庵先生殺しの下手人の伊丹の背後には、一関藩が毒絡みで潜んでいると気付き……」

平七は言葉を濁した。

「平七、遠慮は無用だ。大沢はそいつをねたに田之倉に強請《ゆす》りを掛けた」

「それで田之倉は、始末屋の大黒天に頼みましたか」

市兵衛が吐息を洩らした。

「ああ。大沢は曲がりなりにも町奉行所の同心、下手な真似は出来ねえからな」

久蔵は苦い面持ちで吐き棄てた。

「分からないのは、一関藩が順庵から手に入れた毒をどうしたかですか……」

市兵衛が刀の鞘から笄《こうがい》を抜き、髷《まげ》を結った頭をかいた。

「そいつも間もなく片が付くだろう」

久蔵は、目付の本多図書の狸面を思い浮かべた。

「それにしても秋山さま、藩の命令で順庵先生を斬った伊丹倉之助を始末するなんて、お大名家の方々も非情なもんですねえ」

「平七、侍も人の子、僅かな扶持米を頼りに生きているのさ」

「扶持米を守る為には、同じ藩士を手に掛けますか」

「ああ。藩が取り潰しになりゃあ元も子もねえからな。我が身可愛さに何でもやるさ」

「ですが、このままじゃあ……」

「平七、心配は無用だ。一関藩の落とし前はきっちりと付けてやるぜ」

久蔵は不敵に言い放った。

「楽しみですな……」

市兵衛が笑った。

「ふん。それより市兵衛、大黒天の勘右衛門と女の始末屋だ」

「はい」

「秋山さま、今からあっしは親分のところに参ります」

幸吉の親分、柳橋の弥平次は和馬と大黒天の勘右衛門を追っていた。

「うむ。ついでに柳橋と和馬に一関藩の顚末を伝えてくれ」

「承知しました。じゃあ秋山さま、蛭子の旦那……」

幸吉は久蔵と市兵衛に頭を下げ、腰を上げた。

「平七親分、庄太、又……」

「うん。柳橋の親分に宜しく伝えてくれ」

「へい。では御免なすって……」

幸吉は用部屋を出て行った。

「それで秋山さま、あっしたちは……」

平七は身を乗り出した。

「そいつだがな平七、元浜町にお蝶という女が暮らしている」

「お蝶……」

「ああ……」

「秋山さま、ひょっとしたらそのお蝶、女始末人……」

平七は僅かに身構えた。

「かも知れねえが、まだはっきりしねえ」

「そうですか……」

「で、今、お前も知っている役者崩れの鶴次郎が見張ってくれているが、何しろ一人だ。手伝ってやっちゃあくれねえか」

「そいつは構いませんが、鶴次郎が張っているとなると、北町の白縫の旦那と半《はん》次《じ》も……」

平七は、北町奉行所同心の白縫半兵衛を良く知っている。そして、半兵衛から手札を貰っている岡っ引の半次は舎弟分だった。

「半兵衛と半次には、ちょいと別の用を頼んであってな」

「そうですか、分かりました」

「平七、くれぐれも云っておくが、動きを見張るだけで、下手な手出しはするんじゃあねえぞ」

「承知しました」

久蔵は次の手を打ち、僅かに網を絞り込んだ。

第四章

乱れ雲

一

象牙の大黒天の根付。

和馬と弥平次は、鋳掛屋の寅吉、夜鳴蕎麦屋の長八と手分けをして大黒天の根付を造った根付師を探した。

直助の死に報いる為にも、根付の持ち主を突き止める。

弥平次は、寅吉や長八と江戸の町を駆け廻った。


雲海坊と由松は、千住小塚原の町で大黒天の勘右衛門の行方を探っていた。だが、小塚原の町に勘右衛門を知る者は少なく、その行方はつかめなかった。

雲海坊は千住大橋を渡り、日光街道の出入り口である千住の宿場にも足を伸ばした。

街道の出入り口を行き交う旅人は、出立《しゅったつ》の威勢良さと到着した安堵感に包まれている。

雲海坊は茶店の横手に座り、婆さんに茶を貰って握り飯を食べていた。

「雲海の兄貴……」

しゃぼん玉売りの由松が、千住大橋を渡って駆け寄って来た。

「どうした」

「面白い事を聞きましたよ」

由松は息を弾ませた。

「話してみろ」

「へい。直助さんが奴らの手に掛かった夜、顔に怪我をして医者に駆け込んだ野郎がいるんですよ」

「顔に怪我だと……」

「へい。眼の下を固い物で撲《なぐ》られ、大きく腫れあがって血が出ていたとか……」

「固い物……」

「そいつ、ひょっとしたら直助さんの萬力鎖の仕業じゃありませんかね」

「萬力鎖か……」

「へい。あっしは以前、直助さんの萬力鎖にやられた奴の傷を見たことがあるんですが、その傷と同じなんですよ」

「そいつは面白え。で、怪我をしたってのは、どんな野郎なんだい」

「末松って居酒屋の親父です」

「居酒屋の親父なら、直さんが聞き込みを掛けたかも知れねえな」

「ええ……」

居酒屋の親父の末松が、大黒天の勘右衛門に通じていたら直助はひとたまりもない。

「よし、締め上げてみるか」

「そうこなくっちゃあ……」

由松は、ようやくつかんだ手掛かりに張り切った。

末松の居酒屋は、小塚原の町の外れにあった。

雲海坊と由松は、客として居酒屋を訪れた。

「いらっしゃい……」

末松が板場で迎えた。

客のいない店内は薄汚れており、主の末松の商売の熱意がどの程度のものかを示していた。商売が繁盛していないにもかかわらず、店は続けられている。

居酒屋の商売以外で金を稼いでいる……。

雲海坊はそう思った。

「なんにします」

板場から出て来た末松が、雲海坊と由松に注文を訊いた。末松の左眼の下は、どす黒く色を変えてまだ腫れあがっていた。

「その眼の下の傷、どうしたのか教えてくれねえかな」

雲海坊が尋ね、由松が何気なく末松の背後に廻った。

末松は驚き、その眼は宙を彷徨《さまよ》った。

「末松、手前が始末屋から小遣いを貰っているのは、分かっているんだ」

末松は血相を変え、後退りした。だが、由松が背後から蹴飛ばした。

末松は悲鳴をあげ、土間に倒れこんだ。

雲海坊が、倒れこんだ末松の顔の傍に錫杖《しやくじよう》を激しく突き立てた。錫杖の先の尖った石突《いしづき》が、深々と土間に突き刺さった。

末松は頭を抱え、必死に逃れようとした。

「手前、火事のあった夜、俺たちの仲間を殺したな」

雲海坊は末松の喉を錫杖で押さえた。

末松は苦しく顔を歪め、恐怖に震えた。

「恨みを晴らして、小塚原の刑場にその不細工な首を晒してやるぜ……」

由松が手拭を扱《しご》き、末松の首に巻きつけた。

「ち、違う。俺じゃあねえ……」

末松は恐怖に眼を見開き、必死に叫んだ。

「何が違うんだ」

「俺は撲られただけだ。殺したのは、元締と矢崎の旦那だ。俺じゃあねえ」

「煩せえ……」

由松は冷たく笑い、末松の首に巻いた手拭を絞めた。

末松は苦しくもがき、懸命に起き上がろうとした。だが、雲海坊の錫杖がそれを許さなかった。

「今更、命乞いとは馬鹿な野郎だ」

由松は手拭を絞めた。

「頼む、聞いてくれ。奴を斬ったのは矢崎平八郎って浪人で、元締の勘右衛門と船頭の信吉が止《とど》めを刺したんだ。本当だ、信じてくれ」

末松は苦しく声を嗄《か》らし、涙を零して告白した。

「信じてやってもいいが、勘右衛門が今何処にいるか教えたらだ」

「深川だ。深川に行った」

「深川の何処だ」

「知らねえ。そこまでは知らねえ。用がある時は信吉が繋ぎに来るんだ」

末松は声をあげて泣き出した。

「煩せえって云っただろう」

由松は手拭を一気に絞めた。

末松が眼を丸くし、気を失った。

由松が嘲笑い、末松の首から手拭を外した。

「年甲斐《としがい》もねえ、薄汚ねえ親父だぜ」

末松は小便を垂れ流していた。

「由松、猪牙を用意しろ」

「合点だ」

由松は居酒屋を飛び出した。

雲海坊は捕縄を取り出し、気を失っている末松を縛りあげた。

元浜町のお蝶の家は、人の出入りもなくひっそりとしていた。

鶴次郎は、路地の入口を見通せる煮染屋《にしめや》の納屋を借り、見張っていた。

煮染屋は菜屋《さいや》ともいい、魚や野菜を醬油で煮た料理を作って売る店だ。惣菜は、生鮑《なまあわび》、するめ、焼豆腐、蒟蒻《こんにゃく》、慈姑《くわい》、蓮根《れんこん》、牛蒡《ごぼう》などを醬油で煮しめて大丼鉢に盛って並べている。

醬油の匂いは、鶴次郎のいる納屋にも漂ってきていた。

「おう、鶴次郎」

神明の平七と下っ引の庄太が、煮染屋の納屋に入って来た。

「こりゃあ、神明の兄貴」

神明の平七は、鶴次郎の幼馴染《おさななじ》みの岡っ引半次の兄貴分であり、顔見知りだった。

「食い物です」

庄太が酒と握り飯、そして煮染屋の商売物を買って来ていた。

「こいつはすみません」

鶴次郎は礼を云った。

平七は苦笑した。

「鶴次郎、食い物はお前だけのもんじゃあねえぜ」

「えっ……」

「秋山さまの御命令でな。今日から俺たちもお蝶を見張るぜ」

「そいつは、大助かりです」

鶴次郎は喜んだ。

平七は事件の推移を鶴次郎に教え、見張りの分担を決めた。

「親分……」

お蝶の家を見張っていた庄太が、緊張した声音で平七を呼んだ。

「どうした」

「女が出てきました」

鶴次郎と平七が、素早く窓を覗いた。

「鶴次郎……」

「へい。あの女がお蝶。下男は梅次です」

お蝶は、下男の梅次をお供に出掛けるのだ。

平七と鶴次郎たちは納屋を出て、お蝶と梅次の後を追った。

お蝶と梅次は、元浜町を抜けて人形町《にんぎょうちょう》の通りに向かった。

動きを見張るだけで、下手な真似はするんじゃあねえ……。

平七は久蔵の言葉を思い出し、慎重に尾行した。

南町奉行所に旗本の老中間がやって来た。

門番頭の茂助が応対に出た。

老中間は、目付本多図書の書状を久蔵に届けに来たのだ。

「与力の秋山久蔵さまだね」

「へい」

茂助は久蔵に取り次いだ。

「通してくれ」

久蔵は用部屋の庭先に老中間を通した。

「俺が秋山久蔵だよ」

「はい。我が殿の命令で書状をお届けに参上致しました」

老中間は口上を述べ、書状を久蔵に差し出した。口上の様子から見て、老中間は本多図書の信頼を得ている。

久蔵はそう見た。

「ご苦労さん」

久蔵は書状を受け取り、読んだ。

本多の書状には、事の次第が分かったので暮れ六つ、屋敷に来いと記されていた。

「分かった。本多さまにお伺いするとお伝えしてくれ」

「承知致しました」

中間は久蔵の返事を聞き、南町奉行所から足早に帰っていった。

目付本多図書は、奥州一関藩田村家の内情を調べると約束していた。

そいつが分かる……。

久蔵の脳裏には、大沢欽之助、直助、伊丹倉之助たちの死に顔が浮かんでは消えた。

死んで逝《い》った者たちの為にも、事の真相を暴く。

久蔵はそう決意していた。


お蝶と梅次は人形町を抜け、日本橋川に架かる江戸橋を渡った。

平七、鶴次郎、庄太の三人は、二人の前後や路地伝いに巧妙に尾行した。

お蝶と梅次は、海賊橋《かいぞくばし》を渡って楓川沿いの道を進んだ。そして、八丁堀の町御組屋敷街に入った。

「兄貴……」

鶴次郎が怪訝な声を掛けた。

「ああ、このまま行くと八丁堀だ」

お蝶と梅次は、御組屋敷街の通りを南に進んでいた。このまま進めば岡崎町になり、八丁堀に突き当たる。

「まさか……」

鶴次郎が緊張した。

「ああ……」

平七が喉を掠《かす》れさせて頷いた。

二人は、お蝶と梅次の狙いを同じように読んだ。

お蝶と梅次は岡崎町に入った。

行く手の組屋敷から武家の娘が現れた。

お蝶と梅次は足を止めた。

武家の娘はお蝶と梅次に気付き、微笑んで会釈をした。

お蝶は思わず会釈を返した。

「待って下さい、香織さま」

門内から肥《ふと》った初老の女が出て来た。

「急いでお福……」

香織と呼ばれた娘は、お福という肥った初老の女の手を引いて八丁堀に向かった。

お蝶は、佇んだまま香織とお福を見送った。

「お嬢さま。あそこが秋山久蔵の屋敷です」

「じゃあ、あの娘が義理の妹……」

「香織ですか……」

「香織……」

〝剃刀久蔵〟の弱味……。

香織とお福は買物なのか、夕暮れの街を楽しげに出掛けて行った。

お蝶は何故か苛立ちを覚えた。

「お嬢さま……」

梅次は咎めるようにお蝶を呼んだ。

お蝶は我に返ったように梅次を一瞥し、秋山屋敷を見上げた。

表門は閉じられ、屋敷は静まり返っていた。

お蝶と梅次は、続いて屋敷の周囲を見て廻り、八丁堀に向かった。

平七と鶴次郎は、お蝶と梅次の意外な動きに驚いていた。

「兄貴……」

「鶴次郎、奴ら秋山さまを狙っているのかもしれねえな」

平七は全身に緊張を浮かべた。

「ええ……」

「よし。二人はおそらく元浜町に戻るだろう。庄太と確かめてくれ。俺はこの事を秋山さまのお耳に入れておく」

「承知……」

鶴次郎は庄太を伴い、お蝶と梅次を追って行った。平七は吐息を洩らし、潜り戸を叩いた。与平がのんびりと返事をした。


暮れ六つ。

神田駿河台小川町の本多屋敷は、夕暮れの静けさに包まれていた。

燭台の炎は、久蔵と本多図書を仄かに照らしていた。

「奥州一関藩の内情だがな……」

本多は、狸のような小さな眼を面白そうに輝かせた。

「はい……」

久蔵は本多の次の言葉を待った。

「やはり、陰謀が秘められているようだ」

「陰謀とは……」

「うむ。只今、国元に帰られている田村右京太夫さま、側室お浪《なみ》の方を寵愛され、既に世継ぎと定められていた正室の産んだ嫡男を亡き者とし、お浪の方の子を世継ぎと公儀に届けたそうだ……」

「その世継ぎの嫡男を、亡き者にした手立ては」

久蔵が尋ねた。

「南蛮渡りの毒を盛ったようだ……」

「毒……」

世継ぎに盛った南蛮渡りの毒は、おそらく町医者瀬川順庵が用意したものだ。

一関藩江戸留守居役田之倉兵衛は、町医者瀬川順庵に南蛮渡りの毒を用意させた。そして、世継ぎである若殿村正《むらまさ》に毒を盛って亡き者にし、藩士の伊丹倉之助に瀬川順庵の口を封じさせた。

「左様、世継ぎの村正に毒を盛って亡き者にし、寵愛の側室お浪の方の産んだ村貞を世継ぎに据えた。下手な陰謀よ」

本多は嘲笑った。

「しかし、田村右京太夫さまは藩主、世継ぎを廃嫡《はいちゃく》すれば済む話……」

「久蔵、正室の実家は加賀前田家。理由のない廃嫡は、加賀前田家の差し出口を招くだけだ」

「加賀百万石と一関三万石、勝負になりませんか」

「左様、おまけに一関三万石、加賀藩から五十万両もの金を借りているのでな」

「それはそれは……」

久蔵は苦笑した。

南町奉行所定町廻り同心大沢欽之助は、それらの事実を嗅ぎつけて、江戸留守居役の田之倉に強請りを掛けたのだ。田之倉は真相が暴露されるのを恐れ、始末屋大黒天の勘右衛門に大沢殺しを依頼した。

「どうやらそのようなところとみたが……」

本多図書は面白そうに笑った。

「相違ございますまい」

久蔵は同意した。

「して、本多さま、お目付としては如何致しますかな」

「そいつは秋山、その方の始末一つだ」

「拙者の始末一つ……」

「儂はその方の後詰め、尻拭いだ」

本多は笑った。狸に似た顔が、狸そのものになった。

「本多さま……」

「秋山、大沢は留守居役を強請ったが、儂は藩主にたかるかも知れぬ」

公儀目付本多図書の真意は、そこにあるのかも知れない。

だが、その時はその時……。

「そいつは面白い……」

久蔵は笑った。

燭台に灯された炎が瞬き、久蔵と本多の影を揺らした。

隅田川の流れは、月明かりに煌めいていた。

弥平次と和馬は、船宿『笹舟』の地下蔵に降りた。

地下蔵には、雲海坊と由松が末松を左右から引き据えていた。

「親分……」

「こいつかい、直助を殺した片割れは……」

弥平次は末松を冷たく見据えた。

「へい……」

雲海坊が末松の髷をつかみ、その顔を弥平次に向けた。

「お、お助けを……」

末松は恐怖に激しく震えた。

弥平次は、末松の震える顔を平手で鋭く張り飛ばした。雲海坊と由松は、飛ばされて倒れ掛けた末松を引き据えた。

弥平次の平手打ちは続き、短い音が鋭く地下蔵に響き渡った。

弥平次の顔には、怒りよりも哀しみが満ち溢れていた。

「親分……」

和馬は、直助を失った弥平次の深い哀しみを思い知らされた。雲海坊と由松は、湧き上がる殺意を必死に抑えていた。

弥平次自身、末松に対して浮かぶ殺意を平手打ちで抑えているのだ。

和馬はそう思った。

柳橋の船宿『笹舟』の主弥平次は、〝剃刀久蔵〟の片腕と呼ばれている岡っ引だ。
小塚原で殺した男の親分……。
大黒天の勘右衛門は、船宿『笹舟』の者を殺して弥平次の動きを牽制《けんせい》しようと企てた。
矢崎平八郎は勘右衛門の命を受け、無頼の浪人たちを金で集めた。
船宿『笹舟』は、舟遊びの舟も出払って一時の静けさに包まれていた。
矢崎平八郎は浪人たちを従え、『笹舟』の暖簾を潜った。
店に人影はなく、帳場に番頭らしき男が一人、机にうつ伏せになって転寝《うたたね》をしていた。
「邪魔をする」
「これはこれは、いらっしゃいませ」
番頭らしき男は、慌てて顔をあげた。
刹那、矢崎平八郎は刀を閃かせた。
番頭らしき男は、咄嗟に転がって躱《かわ》して刀を持って居合い抜きに構えた。

矢崎平八郎は驚き、怯んだ。

番頭らしき男は、北町奉行所臨時廻り同心白縫半兵衛だった。

「やっぱり来たね……」

半兵衛は苦笑し、居合い抜きに構えて矢崎との間合いを詰めた。

田宮流抜刀術《たみやりゅうばっとうじゅつ》……。

矢崎は思わず後退りした。

半兵衛は久蔵に頼まれ、『笹舟』の用心棒を務めていたのだ。

奥から女将のおまきが現れた。

「白縫の旦那……」

おまきは、懸命に自分を落ち着かせようとした。

「女将、秋山さまの睨み通りに現れたぞ」

半兵衛が面白そうに笑った。

「はい。お前さん、神崎の旦那」

おまきは奥に叫んだ。

同時に一人の浪人が、おまきの背に斬り掛かった。だが、横手の船着場への出入り口から竹竿《たけざお》が突き出された。おまきに斬り掛かろうとした浪人は、竹竿に脇腹を激しく突かれて横倒しに倒れた。岡っ引の半次が、飛び出してきて奥に続く戸口を塞いだ。

「おのれ……」

矢崎は己の迂《う》闊《かつ》さに苛立った。

「白縫さん」

「半兵衛の旦那……」

和馬と弥平次が、雲海坊と由松を従えて駆け付けて来た。

「船宿には似合わない無粋な客だよ」

「野郎……」

雲海坊と由松がいきり立ち、矢崎平八郎に飛び掛かろうとした。

「待ちな、そいつは私が引き受けるよ」

半兵衛は居合い抜きの構えを取り、ゆっくりと矢崎に迫った。

矢崎は後退りし、間合いを保った。

和馬と弥平次、そして半次、雲海坊、由松が猛然と無頼の浪人たちに襲い掛かった。無頼の浪人たちは、刀を翳して応戦した。だが、弥平次たちの怒りは、無頼の浪人たちを押し捲《まく》った。無頼浪人たちは、次々と叩きのめされた。

半兵衛と矢崎は、間合いを保ったまま『笹舟』の表に出た。

柳橋を行き交っていた人々は、悲鳴をあげて逃げ散った。

半兵衛は大きく踏み込み、間合いを詰めて見切りの内に入った。だが、矢崎は素早く後退し、見切りの内から逃れようとした。半兵衛は構わず尚も踏み込んだ。

後退りした矢崎が、柳橋の欄干に追い詰められた。半兵衛は見切りに踏み込み、腰を捻って刀を一閃した。刹那、矢崎は背中から神田川に身を投げた。

しまった……。

半兵衛は欄干に駆け寄った。

暗い流れに矢崎の姿は見えず、白い泡が浮かんで消えていった。

「白縫さん」

和馬が駆け付けて来た。

「親分、舟だ」

和馬が叫んだ。

「無駄だよ、和馬……」

久蔵が現れた。

「秋山さま……」

「奴は神田川を潜り、もう隅田川に逃げちまったよ」

久蔵は苦笑した。

「どうやら役に立たなかったようですね」

半兵衛は刀を納めた。

「いや。川に逃げ込むのが、奴の得意技だと報せなかった俺のせいだよ」

久蔵は、自分が斬り合った時を思い出していた。

「そうでしたか……」

「いずれにしろ半兵衛、助かったぜ」

「まったくです。ありがとうございました。白縫の旦那……」

弥平次は、深々と半兵衛に頭を下げた。

「なあに親分、私は秋山さまの仰る通りにしただけさ」

半兵衛は笑った。

二

和馬と半次は、雲海坊や由松と捕らえた無頼浪人たちを南茅場町の大番屋に引き立てた。

弥平次は、久蔵と半兵衛を座敷に招いた。

女将のおまきと養女のお糸が、酒と肴を運んで来た。

「逃げた浪人、おそらく直助を袈裟懸に斬った矢崎平八郎って奴でしょう」

弥平次が、久蔵と半兵衛の猪口に酒を満たした。

「末松、白状したのかい」

半兵衛が酒を啜った。

「ええ。それから、大黒天の勘右衛門は、小塚原から深川に行ったそうです」

「深川か……」

久蔵が深川の風景を思い出すように呟いた。

「はい。幸吉が、寅吉と長八を連れて深川を調べに行きました」

弥平次が事態を説明した。

「で、大黒天の根付、どうなった」

「そいつがまだ……」

弥平次が、恥じ入るように言葉を濁した。

「そうか……」

久蔵は酒を飲んだ。

「ところで俺は今夜、目付の本多図書さまに呼ばれてな……」

「一関藩、町医者瀬川順庵殺しにどんな関わりがありました」

半兵衛が興味深げな眼差しを久蔵に向けた。

「本多さまの調べじゃあいろいろあったぜ」

久蔵は、奥州一関藩に潜んでいる陰謀を語って聞かせた。

弥平次と半兵衛は身を乗り出し、酒を飲むのも忘れて久蔵の話を聞いた。

外の船着場には、舟遊びの舟が帰って来たのか、芸者や酔客の賑やかな声がし始めた。


木場を吹き抜ける海風は、縦横に張り巡らされた掘割に小波を走らせていた。

茶店は暗闇に息を潜めていた。

矢崎平八郎は濡れた着物を着替え、大黒天の勘右衛門の部屋に入った。

「失敗したらしいな」

勘右衛門は、酒の酔いを微かに滲ませた眼を向けた。

「ああ。流石は剃刀久蔵と柳橋の弥平次。こっちの動きを読み、同心が詰めていやがった」

矢崎は、信吉の持って来た酒を手酌で飲み始めた。

「相当、手強《てごわ》い同心だったと見えますな」

勘右衛門は矢崎を冷たく一瞥した。

「うむ。田宮流抜刀術の使い手だ。迂闊に見切りの内に踏み込めば、手足の一本二本、気付かぬ内に斬り飛ばされる」

矢崎は、半兵衛の田宮流抜刀術の恐ろしさを見抜いていた。

勘右衛門は眉を顰めた。

「そんな凄腕なんですか」

「ふん。始末屋に欲しいぐらいか……」

矢崎は苦笑した。

「それで、集めた奴らは……」

「捕らえられたようだが、金で集めた野良犬。俺の名も知らぬ」

「だったらいいが……」

勘右衛門は苛立つように酒を呷《あお》った。

「これからどうする」

「さあて……」

「なんだったら、尻尾を巻いて江戸から逃げ出すか……」

矢崎は鼻の先で笑った。

「冗談じゃあない。こう見えても始末屋大黒天の勘右衛門だ。いざとなりゃあ、相手の喉笛《のどぶえ》に喰らいついてでも倒してやるさ」

大黒天の勘右衛門は、暗い眼差しで言い放った。


久蔵は着替え、香織の差し出した茶を飲んだ。

香織は久蔵の羽織袴や着物を畳み、久蔵の前に進み出た。

「義兄上、他に御用はございませんか」

「ああ。遅くまで、すまなかったな。休んでくれ」

「はい。では、お休みなさいませ」

香織は挨拶をし、久蔵の部屋から出て行った。

屋敷は静かに眠りに沈もうとしていた。

久蔵は茶を飲んだ。

廊下を来る足音がした。足音は静かにゆっくりと近付いて来る。

与平……。

出迎えた時、与平は何も云わなかった。そして、香織が自室に引き取ったのを見定めてやって来た。

香織に聞かせたくない事がある……。

久蔵は茶碗を置いた。

「旦那さま……」

「入りな」

「へい……」

与平が障子を開け、静かに入って来た。

「どうした」

「へい。夕暮れ時に神明の平七親分が見えましてね」

「平七が……」

神明の平七は、元浜町のお蝶を見張っている筈だ。その平七が来た。

「で、なんて云ってきたんだい」

「お蝶が梅次って下男と、お屋敷を見に来たそうにございます」

「お蝶が……」

「へい。それで、くれぐれもお気を付けて下さいと……」

お蝶は久蔵の命を狙っている。

神明の平七は、それを心配して与平に伝言を頼んだ。与平は驚きながらも、騒ぎ立てずに久蔵に報せる事にした。

香織が知れば余計な心配をする。

与平の気遣いは、久蔵を喜ばせた。

「そうか、良く分かった。気を付けるぜ」

「へい。ところで旦那さま、お蝶って女、何者ですか」

伝言を終えた与平は、持ち前の野次馬根性を発揮してきた。

「うん。お蝶か……」

「へい。いい女なんですかい」

与平はだらしなく笑った。

「ああ。いい女だが、大沢を殺めた始末屋かも知れねえ」

「そいつは、お福よりも恐ろしい」

与平は大袈裟《おおげさ》に身震いした。

久蔵は苦笑した。

和馬は、『笹舟』を襲った無頼の浪人たちを大番屋に引き据え、激しく責め立てた。だが、無頼の浪人たちは、金で雇われただけで矢崎平八郎の名前も正体も知らなかった。

弥平次は大黒天の根付探しを急いだ。

雲海坊と由松は、小間物屋や袋物屋を訪ね歩いた。だが、直助が握っていた大黒天の根付を彫った根付師は見つからなかった。

下っ引の幸吉は、寅吉や長八と一緒に深川の町に大黒天の勘右衛門を探した。

深川は八幡宮と木場、そして遊廓で名高い町だ。当然、盛り場があり、表通りを歩けぬ者や地回りたちが顔を利かす裏街もある。

幸吉たちは、白髪頭の大黒天の勘右衛門を探し廻った。

神明の平七と庄太は、鶴次郎と一緒にお蝶を見張っていた。

お蝶は動かず、下男の梅次が毎日のように出歩いていた。

平七は鶴次郎をお蝶の見張りに残し、庄太を連れて尾行した。

下男の梅次は、八丁堀の秋山屋敷から南町奉行所に通う久蔵を見張った。

「野郎、秋山さまの動きを調べていやがる」

「へい。でも、調べてどうするんですかね」

「庄太、そいつは秋山さまのお命を狙っているのに決まっている」

「秋山さまのお命を……」

庄太は驚いた。

お蝶と梅次は、秋山さまを襲撃するのに都合の良い時と場所を探っている。

平七はその事実を久蔵に報せた。

久蔵は梅次の監視に気付いており、襲ってくるのを待っていた。

襲撃して来た時が勝負よ……。

久蔵と平七は、お蝶の動くのを待った。

幸吉たちは、大黒天の勘右衛門を見掛けたという深川の遊び人に出逢った。

「あの名高い大黒天の勘右衛門かどうか知らねえが、白髪頭の爺いなら見掛けた覚えがあるぜ」

「何処で見掛けた」

幸吉は畳み掛けた。

「……さあな」

遊び人は薄笑いを浮かべて惚《とぼ》けた。

次の瞬間、幸吉の拳が遊び人の顔に飛んだ。

遊び人は大きく仰け反って倒れた。

「なにしやがる」

「煩せえ。半端な遊び人が一人前の口を叩きやがって、何だったらある罪ない罪、何でも着せて大番屋に放り込んでやってもいいんだぜ」

幸吉は遊び人を蹴り飛ばした。

直助が殺された上に『笹舟』が襲われた事実は、幸吉にとって耐えられない屈辱であり、苦痛だった。そして、半端者の癖に、一人前に惚ける遊び人。幸吉の苛立ちは爆発した。

遊び人は悲鳴をあげて逃げようとした。だが、幸吉に容赦はなかった。

「止めろ、幸吉」

寅吉が荒れ狂う幸吉を止めた。

「幸吉、親分の片腕のお前が、我を忘れちゃあならねえ」

長八が厳しく言い聞かせた。

幸吉が弥平次の下っ引になった時、寅吉と長八、そして直助は既に手先を務めており、いろいろ面倒を見てくれた先輩である。

幸吉は我に返り、寅吉と長八に黙って頭を下げて詫びた。

「どうだ。これ以上、惚けるとどうなるか分からないぜ」

寅吉が遊び人を引き起こした。

「白髪頭の爺いは、猪牙舟で仙台堀を木置場の方に行った」

遊び人は怯え、震えていた。

「仙台堀を木置場……」

幸吉は寅吉や長八と仙台堀を下り、木置場一帯に聞き込みをかけた。そして、木置場の外れ、田畑との間にある崎川橋の船着場近くにある茶店が浮かんだ。

茶店は既に潰れ、持ち主が何代も代わっており、誰のものか定かではなくなっていた。だが、何者かが暮らしているのに間違いはない。

幸吉たちは、暮らしている者たちを見定めようとした。

「仙台堀の川下、二十間川と大横川の交わるところか」

弥平次は緊張した。

「はい。それでどんな奴らが暮らしているのか、寅さんと長八っつぁんが張り付きました」

幸吉は慎重に事を進めていた。

「うむ。で、張り込む場所はあるのか」

「はい。木置場と畑がありますので、そいつは何とかなりますが、親分、猪牙を用意していただけませんか」

大黒天の勘右衛門は、屋根船を使っていた。そして、掘割の張り巡らされた深川となると、舟があったほうが何かと都合が良い。

「分かった、勇次の猪牙を出そう」

直助が殺されて以来、勇次は弥平次に手伝わせてくれと頼み込んでいた。

直さんの笑顔を見たのは、俺が最後……。

勇次はそう思い、直助の恨みを晴らしたいと願っていた。

弥平次は勇次の願いを叶《かな》え、幸吉の頼みを聞いた。

「ありがとうございます」

「幸吉、相手は始末屋の元締大黒天の勘右衛門と用心棒の矢崎平八郎だ。他に鬼が出るか蛇が出るか、くれぐれも用心してやってくれ」

直助を喪《うしな》ったばかりの弥平次は、慎重さを見せた。

「へい。肝に銘じまして……」

幸吉は台所で腹拵えをし、寅吉と長八に食料と飲み物を用意し、勇次の猪牙舟に乗って深川に急いだ。

寅吉と長八は、木置場の隅にある番小屋を借りて張り込んでいた。

番小屋の窓からは、二十間川越しに潰れた茶店が見通せた。

勇次は幸吉の指示を受け、猪牙舟を二十間川から木置場の掘割に入れ、番小屋の傍に着けた。

「どうだい……」

幸吉は茶店を見張っていた寅吉と長八に声を掛けた。

「ちょいと前に男が一人、入っていったよ」

「男……」

「ああ、猪牙舟で来てな」

「で、その男、どうした」

「まだ出て行っちゃあいねえ」

「よし、代わるよ。腹拵えをしてくれ」

幸吉は見張りを代わった。寅吉と長八は、勇次が運び込んだ飯を食べ始めた。

大黒天の勘右衛門は、暗い眼差しで黙り込んでいた。

信吉は落ち着きを失い、壁に寄り掛かっている矢崎平八郎を窺った。

矢崎は眼を瞑《つぶ》り、ひっそりとしていた。

沈黙の時が流れた。

「それで、末松の行方は分からないのだな」

勘右衛門がいきなり沈黙を破った。

「へい」

信吉は慌てて答えた。

「竈の火はどうなっていた」

末松が、自分で火を消したのなら燃えさしに灰を被せている筈だ。もし、何者かに拉致《らち》されたのなら火は燃え尽きている。

「それが、燃え尽きておりました」

勘右衛門の顔に緊張が走った。

矢崎が音もなく立ち上がり、店の土間に降りて外の様子を窺った。

勘右衛門は再び黙り込んだ。

矢崎が戻った。

「どうだい……」

「変わった様子は見えぬ」

「そうか……」

「元締、末松の野郎、どうしたのですか」

「末松はおそらく剃刀久蔵たちに捕まった」

「捕まった……」

信吉は驚いた。

「信吉、末松は此処を知っているのか」

矢崎が厳しい顔を向けた。

「深川ってのは知っていますが、詳しい場所までは知らない筈です」

「剃刀久蔵と柳橋の弥平次だ。深川と分かれば、ここを突き止めるのに造作はあるまい」

「左様、既に眼の届かぬところに潜んでいるかも知れぬ……」

「もしかしたらあっしは……」

信吉の顔色が変わった。

「もう面が割れているかも知れぬ」

「そんな……」

信吉が恐ろしげに身震いした。

「さあて、どうするかな元締……」

矢崎は薄笑いを浮かべた。


「誰か出て来た」

寅吉の声に幸吉と長八が窓に取り付いた。

茶店の裏口から一人の男が現れ、崎川橋の船着場に向かった。

「さっき猪牙で来た奴だ」

寅吉が囁いた。

「俺が追う。勇次」

長八が振り向いた。

「へい」

勇次が威勢良く立ち上がった。

信吉は崎川橋の船着場に下り、繋いであった猪牙舟に乗って大横川を北に進み、小名木川《おなぎがわ》、竪川《たてかわ》に向かった。

勘右衛門と矢崎は、信吉の猪牙舟が去って行くのを小窓から見送っていた。

木置場の陰の掘割から猪牙舟が現れ、二十間川から大横川に入って行った。

猪牙舟には、船頭の他に中年の男が乗っていた。

「元締……」

「ああ、どうやら手が廻っているようだ」

勘右衛門と矢崎は、信吉を囮にして見張りの有無を確かめたのだ。

「だとすると、他にも見張っている者がいる筈……」

「木置場の番小屋か……」

勘右衛門は、二十間川越しに見える木置場の番小屋を見詰めた。

木置場の番小屋は、材木の陰にひっそりと建っている。

「きっと……」

矢崎が頷いた。

「さあて、どうするか……」

勘右衛門の眼が冷たく輝いた。

三

南町奉行所は、外堀に架かる数寄屋橋御門内にある。

梅次は、数寄屋橋御門前の数寄屋河岸の片隅で久蔵が出て来るのを見張っていた。そして、その梅次を神明の平七と下っ引の庄太が監視した。

網代笠を被った着流しの侍が、平七たちの背後に現れた。

「秋山さま……」

平七と庄太は驚いた。

網代笠を被った着流しの侍は、秋山久蔵だった。

「鍛冶橋御門《かじばしごもん》から来たぜ」

久蔵は物陰にいる梅次を見て笑った。

「裏門を出て一廻りしましたか」

「ああ……」

久蔵は南町奉行所の裏門を出て、隣接する大名屋敷を迂回して鍛冶橋御門から来たのだった。

「これからどちらに……」

「柳橋だ。平七、梅次は庄太に任せて一緒に来てくれ」

「はい」

「庄太、梅次は申《さる》の刻七つになっても俺が出て来ねえので慌てるだろう。どうするか見届けるんだ。いいな」

「へい」

「庄太、決して無理はするんじゃねえぞ」

「へい」

庄太は緊張した面持ちで頷いた。

久蔵と平七は、庄太を残して柳橋に向かった。

信吉の猪牙舟は、大横川から小名木川を横切って本所竪川に入り、隅田川に向かった。

長八を乗せた勇次の猪牙舟は、慎重に尾行を続けた。

隅田川に出た信吉は、猪牙舟を両国側に寄せて江戸湊に向かって下った。

勇次の猪牙舟が続いた。

「長八……」

網代笠を被った着流しの侍が、岸辺から呼んだ。

長八は怪訝に振り返った。

久蔵が網代笠をあげて顔を見せた。

「秋山さま……」

「どうします」

勇次が慌てた。

信吉の猪牙舟は先を行く。

久蔵と一緒にいた平七が、行く手にある薬研堀を指し示して走った。

薬研堀は隅田川と直に繋がっており、小橋が架かっている。

「勇次、神明の親分が乗る。薬研堀に寄せろ」

「合点だ」

久蔵は長八と勇次が尾行していると気付き、平七を走らせたのだ。

平七は、薬研堀に寄せられた勇次の猪牙舟に身軽に乗った。

信吉の猪牙舟は、行く手に小さく見えた。

「見失ってねえか」

平七は心配した。

「へい。大丈夫です」

勇次は猛然と櫓を漕ぎ、信吉の猪牙舟との間を詰めた。

「長八っつぁん、誰を追っているか聞かせて貰うよ」

久蔵は長八たちが誰を追っているのか気になり、平七を走らせたのだ。

「そいつが親分……」

長八は、事の顚末を平七に教えた。

船宿『笹舟』は、直助の死や矢崎たちに襲撃された動揺から立ち直り始めていた。白縫半兵衛と半次は、既に『笹舟』を立ち退《の》いていた。

久蔵と弥平次は事件の整理をした。

大沢欽之助は、町医者瀬川順庵殺しに一関藩のお家騒動が潜んでいると知り、強請りを掛けた。強請られた一関藩の江戸留守居役田之倉兵衛は、闇の始末屋大黒天の勘右衛門に大沢の始末を依頼した。そして、女始末屋が勘右衛門の命令で大沢を殺した。

一関藩留守居役田之倉兵衛と大黒天の勘右衛門の誤算は、久蔵たちの探索が執念深いものだった事だ。追い詰められた田之倉は、瀬川順庵を斬った藩士伊丹倉之助を先手を打って口を封じた。

久蔵と弥平次は、事件の真相をそう読んだ。だが、確かな証拠や証言は何もなかった。そして、大黒天の勘右衛門に迫った直助の無残な死、矢崎平八郎による『笹舟』襲撃に続いた。

「お父っつぁん……」

お糸が襖の外から弥平次を呼んだ。

「どうした」

「神明の親分さんがおみえです」

「おう、入ってくれ平七」

「はい。御免被ります」

平七が入ってきて弥平次に一礼した。

「どうだった」

久蔵が平七に尋ねた。

「はい。長八っつぁんは、幸吉たちと深川木置場の外れにある潰れた茶店に勘右衛門が潜んでいると睨み、張り込んでいるそうでして……」

平七は弥平次に同意を求めた。

「うむ。おそらく勘右衛門が潜んでいるのに間違いない筈だ」

「それで、その茶店から出て来た船頭をつけていました」

「それでその船頭、どうした」

「それが隅田川を下り、新大橋から三ツ俣《みまた》を抜けて浜町堀に入りましてね」

「元浜町か……」

久蔵の眼が輝いた。

「はい。お蝶の家でした」

信吉はお蝶の家を訪れた。当然、それは勘右衛門の命令なのだ。

「秋山さま……」

弥平次は少なからず緊張した。

「ああ、やつら動き出すかも知れねえな」

「はい……」

平七は頷いた。

「よし。平七、元浜町のお蝶の家に戻ってくれ。俺は深川の潰れた茶店に行ってみるぜ」

「心得ました」

「秋山さま、あっしも一緒に深川に参りますよ」

平七は元浜町のお蝶の家に急いだ。そして、久蔵と弥平次は伝八の猪牙舟で深川に向かった。

久蔵と弥平次を乗せた伝八の猪牙舟は、背中に夕陽を受けながら隅田川を横切って仙台堀に入った。


夕陽は、木置場を赤く染めて隅田川に沈んだ。

幸吉と寅吉は木置場の番小屋に潜み、潰れた茶店の見張りを続けていた。

猪牙舟で出て行った船頭は戻らず、長八と勇次も帰っては来ていなかった。

潰れた茶店は、薄暮の中に沈み始めていた。

火鉢の炎が燃え上がった。

大黒天の勘右衛門は、自分の痕跡を示す物を火鉢で焼き尽くした。

矢崎平八郎は、手入れを終えた刀を翳した。赤い揺れる炎が、鈍く輝く刀身に不気味に映った。

「さあて、行くか……」

勘右衛門は燃え尽きた灰を均《なら》した。家の中は暗闇に覆《おお》われた。

「うむ」

矢崎は嬉しげに笑い、刀を腰に差して立ち上がった。

「ではな……」

矢崎は土間に降り、暗がりの中を店に進んだ。

勘右衛門は矢崎を見送り、大きく息を吐いた。

潰れた茶店の潜り戸が開いた。

「寅さん……」

幸吉が緊張した。

寅吉が窓を覗いた。

二人は息を潜め、潜り戸から出て来る者を待った。

矢崎平八郎が現れた。

「あの野郎……」

寅吉が吐き棄てた。

「笹舟を襲った野郎か……」

「ああ。おまけに直助を斬った……」

幸吉と寅吉は、矢崎の動きを見守った。

矢崎平八郎は二十間川に架かる崎川橋を渡り、木置場にゆっくりと近付いてきた。

幸吉と寅吉は、近付いてくる矢崎に思わず懐に手を入れた。

幸吉は十手を握り締め、寅吉は鍛鉄製三本角の角手《かくて》を両手に嵌《は》めた。

矢崎は、ゆっくりと木置場の番小屋に近付いてくる。

幸吉と寅吉は、緊張に喉を鳴らした。

刹那、矢崎が残忍な笑みを浮かべ、地を蹴って番小屋に走った。

「逃げろ、寅さん」

幸吉は叫んだ。

二人が幾ら応戦したところで、矢崎の剣に敵《かな》う筈はない。

矢崎が番小屋の戸を蹴破り、猛然と踏み込んできた。下手に逃げ隠れするより、斬り棄てて始末する。それが、勘右衛門と矢崎の企てだった。

咄嗟に寅吉は、矢崎が踏んだ筵を力任せに引いた。矢崎は足を取られ、僅かによろめいた。同時に幸吉が体当たりをした。

矢崎は板壁に飛ばされた。

幸吉と寅吉は転がり、必死に表に逃げ出した。

「逃げろ幸吉」

「寅さんこそ早く」

幸吉と寅吉は逃げようとした。だが、矢崎が素早く追い縋《すが》り、刀を一閃《いっせん》させた。

幸吉と寅吉は、大きく仰け反って倒れた。

「逃がしはしない……」

矢崎は刀を構え、幸吉と寅吉に迫った。

最早、十手も角手も役には立たない。

腕が違いすぎる……。

幸吉と寅吉は後退りした。そして、掘割に追い詰められた。

矢崎は残忍に笑った。

「死ね……」

矢崎の刀が煌めいた。

「掘割に落ちろ」

刹那、久蔵の声が響いた。

幸吉と寅吉は背後の掘割に転げ落ち、矢崎の刀が空を斬った。

暗がりから久蔵が現れた。

「秋山久蔵……」

「矢崎平八郎、これまでだぜ」

久蔵は刀を抜き払った。

矢崎は鋭く久蔵に斬り込んだ。

刃が火花を散らして咬《か》み合い、焦げ臭い匂いが過ぎった。

矢崎は、間合いを取ろうと後退した。だが、久蔵はそれを許さず、素早く斬り込んだ。

矢崎は必死に久蔵の刀を躱した。

久蔵の斬り込みは、矢崎に態勢を立て直す隙を与えなかった。

矢崎は覚悟を決めたのか、後退を止めて間合いの内に佇み、刀を大上段に構えた。

久蔵は立ち止まり、微かに笑った。

相打ち……。

矢崎は相打ちを覚悟し、久蔵が斬り込むのを待った。

「手前と相打ちなんぞ、したかあねえ……」

次の瞬間、久蔵は脇差を抜き、矢崎の胸元目掛けて投げ付けた。咄嗟に矢崎は、飛来した脇差を弾き飛ばした。刹那、久蔵の心形刀流が瞬いた。久蔵の刀は、構えを崩した矢崎を袈裟懸に斬り下げた。

矢崎は眼を見開いて久蔵を見詰めた。

「秋山……」

矢崎は刀を構え、久蔵に向かって進んだ。

久蔵は、近付く矢崎を油断なく見据えた。

矢崎の足が止まった。

「お、おのれ……」

矢崎の胸元から血が流れ、顔から前のめりに倒れ込んだ。

久蔵の全身から緊張が抜けた。

「秋山さま……」

掘割の対岸に、幸吉と寅吉がずぶ濡れで座り込んでいた。

「怪我はないか」

「はい」

幸吉と寅吉が返事をした。

「秋山さま」

『笹舟』の船頭の伝八が、崎川橋を渡って駆け寄って来た。

木置場に来た久蔵は、番小屋に溢れている殺気を感じ、弥平次と伝八を茶店に走らせていたのだ。

「どうした」

「へい。茶店はもぬけの殻です」

「なんだと……」

久蔵は潰れた茶店に走った。

茶店の中には明かりが灯され、弥平次が調べていた。

「もぬけの殻だったかい」

久蔵が入って来た。

「はい。拙いものを燃やし、姿を消したようですね」

弥平次は灰の均された火鉢を示した。

「矢崎が、幸吉と寅吉を襲っている間に消えてしまったか」

「ええ。裏手から抜け出し、小名木川の方に逃げたのでしょう」

「うむ……」

闇の始末屋の元締、大黒天の勘右衛門は巧妙に逃走した。

久蔵は、勘右衛門の狡猾さに苦笑した。


信吉の猪牙舟は、浜町堀の船着場に繋がれたままだった。

長八と勇次は、船着場で信吉が戻るのを待った。神明の平七と鶴次郎は、煮染屋の納屋からお蝶の家の見張りを続けた。

信吉はお蝶の家に入ったままだ。そして、梅次が戻り、下っ引の庄太がやって来た。

「親分……」

「梅次の野郎、どうした」

「へい。秋山さまが南町奉行所から出て来ないので、八丁堀のお屋敷に行って覗き、やはりおいでにならないってんで、戻って来ましたよ」

「そうか、良くやったな。御苦労だった」

「はい」

若い庄太は、親分の平七に誉められて素直に喜んだ。

「それにしても兄貴、お蝶、どうやって秋山さまの命を取る気なんですかね」

鶴次郎が眉を顰めた。

「始末屋の事だ。どんなに汚ねえ手でも使うだろう」

平七は吐き棄てた。

お蝶は美しい眉を歪め、冷たい笑みを浮かべた。

「そうかい、秋山久蔵に撒かれちまったのかい」

「面目ねえ……」

梅次は恥じた。

「どうやら、元締の云う通り、秋山の手が廻っているようだね」

お蝶が信吉を一瞥した。

「へい……」

信吉が頷いた。

「じゃあここも……」

梅次の濁った眼が外を気にした。

「ああ、きっと見張られているのさ」

「これでお分かりになったと思います。元締も深川を出ます。姐さんも早くここから姿を隠して下さい」

「分かったよ、信吉」

お蝶はようやく信吉を信じ、頷いて見せた。

「聞いたね、梅次」

「へい」

梅次は頷き、信吉を一瞥した。

「御苦労だったね、信吉。私たちも今晩中にここを出るよ」

「へい。じゃあ、あっしはこれで……」

「ああ、気を付けて帰りな」

「大丈夫ですよ」

信吉は狡猾に笑った。


「親分……」

庄太が平七を呼んだ。

平七と鶴次郎が、お蝶の家に注目した。

船頭の信吉が現れ、浜町堀の船着場に小走りに向かった。船着場には、長八が勇次の猪牙舟で張り込んでいる。

「庄太、きっと船着場だろうが、一応、確かめてみな」

「へい」

庄太は、身軽に信吉を追っていった。

平七と鶴次郎は、お蝶の家の見張りを続けた。


梅次は台所の床板を外した。

お蝶の家の床下には、裏の家の縁の下に続く抜け道があった。梅次が、床下の地面を密かに掘り下げて造ったものだ。

梅次は床下に入り、縁の下を這い進んで風通しの格子を外し、背後の家の下を抜けて裏路地に出た。

裏路地は、お蝶の家の真裏になる。梅次は縁の下に這いつくばったまま、油断なく夜の暗がりを透かし見た。裏路地に異常はなかった。

梅次はお蝶の家に戻った。

「お嬢さま……」

「どうだい」

お蝶は黒っぽい着物を纏い、細身の袴を穿《は》いていた。

「大丈夫です」

「よし、じゃあ行くよ」

「へい」

梅次は、再び縁の下に潜った。

お蝶は撒いた油に火を放ち、梅次に続いた。

炎は躍り、一気に家の中に広がった。

お蝶の家から火の手が上がった。

「鶴次郎……」

「兄貴」

平七と鶴次郎が、煮染屋の納屋を飛び出した。

「火事だ」

鶴次郎が隣近所に向かい、大声で叫んだ。

お蝶……。

平七はお蝶の家に飛び込んだ。だが、家の中は表より炎が燃え盛っていた。炎は燃え上がり、平七が家の奥に入るのを阻んだ。平七は炎越しに家の中を窺った。炎の中に人影は見えなかった。

鶴次郎と近所の人たちは、天水桶《てんすいおけ》の水を掛けて火を消し始めた。

半鐘が打ち鳴らされ、火消し人足たちが駆け付けて来た。

「兄貴……」

「家の中にお蝶と梅次、いなかった」

「なんですって……」

鶴次郎は驚いた。

お蝶と梅次は、燃え盛る炎の中に消えた。

夜の隅田川には、舟遊びの船が行き交っていた。

信吉の猪牙舟は、浜町堀を出て新大橋を潜り、隅田川を遡った。

勇次の猪牙舟は、長八を乗せて追った。

遠くで半鐘が鳴り、西の夜空が僅かに赤く染まっていた。

信吉の猪牙舟は深川には戻らず、隅田川を遡り続けた。

「野郎、何処に行く気だ」

勇次は苛立ちを浮かべた。

「落ち着け、勇次……」

「ですが長さん、船着場で嫌ってほど待ったんですよ」

「勇次、手先ってのは、待って追い、何事も手前の眼で確かめるのが商売。そいつが嫌なら止めるんだな」

「長さん……」

「俺たちの中で一番慎重だった直さんでも命を落としたんだ。嫌々やるのは命取りだよ」

「へい。すいません……」

勇次は項垂れた。

信吉の猪牙舟は両国橋を潜り、尚も遡った。そして、浅草御蔵の傍に差し掛かった時、信吉はいきなり隅田川に身を躍らせた。

「野郎……」

長八は慌てた。

勇次は猛然と櫓を漕ぎ、空になった猪牙舟に近寄った。だが、辺りの川面には、信吉の姿も痕跡も見えなかった。

長八と勇次は、猪牙舟をその場に止めて辺りに信吉が浮かぶのを待った。だが、信吉は浮かび上がらなかった。

お蝶の家の火事は、他の家に類焼せずに消し止められた。

焼け跡には、お蝶と梅次の行方を教える物は何一つなかった。

第五章

紫陽花《あじさい》

始末屋の元締大黒天の勘右衛門、お蝶、梅次、信吉の四人は闇の彼方に消えた。

一

久蔵は、柳橋の弥平次と神明の平七を南町奉行所に呼んだ。

神明の平七は、お蝶と梅次に逃げられた事を詫びた。

「平七、気にするんじゃあねえ。こっちも大黒天の勘右衛門にまんまと逃げられたんだ」

「はい……」

「それより、奴らがこれからどうするかだ」

「このまま身を隠してほとぼりが冷めるのを待つか、打って出て来るか……」

弥平次が思いを巡らせた。

「秋山さま、柳橋の親分、勘右衛門は小塚原と深川の隠れ家や、用心棒の矢崎や手下たちを失いました。このまま黙って逃げ隠れはしないと思いますが……」

平七は打って出ると睨んでいた。

「だったら神明の、勘右衛門は何をするってんだい」

「そいつは親分、秋山さまのお命を……」

「このまま尻尾を巻いちゃあ、始末屋の元締としてやっていけなくなるか」

「はい。違いますかね」

「いや、私も神明の睨み通りだと思うよ」

弥平次は拘《こだわ》りなく、平七の睨みに頷いた。

「秋山さま……」

「よし。弥平次、平七の睨み通り、奴らが俺の命を狙ってくるなら面白え。勝負はその時だぜ」

久蔵は不敵に笑った。

久蔵たちに残されている手掛かりは、殺された直助が握り締めていた大黒天の根付だけだった。

和馬と弥平次たちは、勘右衛門の行方と大黒天の根付の出処を追い続けた。

神明の平七と鶴次郎は、お蝶と梅次の行方を辿った。

申の刻七つ過ぎ。久蔵は南町奉行所から帰宅し、着流し姿に網代笠で組屋敷を出て八丁堀沿いを西に向かった。

八丁堀は、江戸市街の開発と物資輸送の為に造られ、江戸湊の河口から八丁の長さがあったところから〝八丁堀〟と称された。

久蔵は八丁堀沿いを進み、お蝶や梅次が現れるのを待った。それは、己の身を囮にする事だった。

お蝶に己を襲わせて捕らえ、大黒天の勘右衛門と始末屋の仕組を叩き潰す。

それが、久蔵の狙いだった。

久蔵は、八丁堀と楓川の合流するところに架かる弾正橋を渡り、日本橋に向かった。

申の刻七つ半は、職人の仕事仕舞いの時刻である。夕暮れ前の日本橋への往来は、行き交う人々で賑わっていた。

大沢欽之助は、人込みの中で首の血脈を斬り裂かれて殺された。

いつ何処で襲ってくるか分からない……。

久蔵は油断なく往来を進んだ。

大黒天の勘右衛門は、矢崎平八郎の死を知って怒りに震えた。

勘右衛門は久蔵の首に百両の賞金を懸け、抱えている始末人たちに回状を廻すように信吉に命じた。

「宜しいんですかい、元締」

「なにがだ」

「お蝶姐さんですよ」

元締の勘右衛門が、久蔵暗殺を依頼した始末人はお蝶である。そのお蝶以外の始末人に賞金首として久蔵を狙わせる。

お蝶の始末屋としての能力は疑われ、誇りは傷つけられる。

信吉はそれを心配した。

「ふん。今のままじゃあ、始末屋の元締としての儂の立場はなくなる。いや、それ以前に秋山久蔵を殺らなければ、殺られるだけだ」

勘右衛門は、久蔵への憎しみと怒りを露わにした。

「お蝶であろうが誰であろうが、大黒天の勘右衛門の配下が剃刀久蔵の息の根を止めればいいのさ」

それで、勘右衛門の始末屋の元締としての立場は守られる。いや、守られるどころか、評判はあがると云えた。

「秋山久蔵、必ず殺してやる……」

大黒天の勘右衛門は、〝久蔵始末〟に何もかも懸けるつもりなのだ。

秋山久蔵の首、百両……。

信吉は回状を携《たずさ》え、勘右衛門の抱えている始末人たちの許に走った。


梅次は吐息を漏らした。

「久蔵に油断はないかい」

お蝶は梅次に問い質した。

「へい。一人で出歩いていますが、そいつはあっしたちが襲うのを待っての事。下手な動きは命取りかと……」

梅次は久蔵の行動を監視し続け、襲撃する時を窺っていた。だが、今のところ、久蔵に油断は感じられなかった。

梅次は、久蔵に気付かれずに監視するのに疲労を覚えていた。

このままでは埒《らち》が明かない……。

お蝶は微かに焦った。

蛭子市兵衛が秋山屋敷を訪れた。

「どうだ、一関藩は」

久蔵は市兵衛を座敷に招き、一関藩江戸上屋敷の様子を尋ねた。藩士の伊丹倉之助を始末して以来、市兵衛は一関藩江戸上屋敷、留守居役の田之倉兵衛を監視していた。

「留守居役の田之倉兵衛。あれ以来、外出を控え、他藩の留守居役との会合も極めて少なくなりました」

田之倉は動きを慎み、一関藩が目立つような真似は出来るだけしないようにしていた。

「で、その後、田之倉兵衛が大黒天の勘右衛門と逢った形跡はないのだな」

「はい。それにしても大名家の留守居役と始末屋の元締、何処でどうして知り合ったのか……」

「仲介人がいるな……」

久蔵の眼が鋭く輝いた。

仲介人……。

一関藩江戸留守居役に闇の始末屋の元締を紹介した者がいるのだ。

久蔵の指摘に市兵衛は頷いた。

「ええ。そいつが分かれば、大黒天の勘右衛門の正体を突き止められるかも……」

「ああ。それでこそ田之倉の兵衛さんが、腹を切らずにいたのが役に立つってもんだ。市兵衛、一関藩江戸上屋敷に出入りしている者を調べてみるんだな」

「心得ました……」

「義兄上……」

香織が廊下にやって来た。

「おう……」

「失礼致します」

香織は障子を開け、酒と肴を運んで来た。

「気が利くじゃあねえか」

「そりゃあもう、もう何年も義兄上の義妹をしてますので」

市兵衛は、軽口を叩き合う久蔵と香織に苦笑した。そして、久蔵は手酌で猪口を酒で満たし、香織は市兵衛に酌をした。

「こりゃあどうも……」

久蔵と市兵衛は酒を飲んだ。

「それでは市兵衛さん、どうぞごゆるりと……」

香織は爽やかな微笑みを残し、座敷を出ていった。

「ところで秋山さま、平七の話じゃあ始末屋が狙っているとか……」

「かもしれねえって事だが、それならそれで面白いと思ってな」

「町を歩き廻り、現れるのを待ちますか……」

「ああ……」

「そいつもいいですが、平七も心配しています。くれぐれも気をつけて下さい」

「云われるまでもねえ」

久蔵は苦く笑い、酒を飲んだ。

風が吹き始めたのか、庭の植木が揺れて鳴った。


翌朝、久蔵は香織と与平お福夫婦に見送られ、南町奉行所に向かった。

八丁堀は朝の忙しさも一段落し、行き交う荷船も少なかった。

久蔵は八丁堀沿いの道を進んだ。そして、楓川との合流地に架かる弾正橋に差し掛かった。向かい側から浪人が渡ってきた。久蔵は油断なく浪人と擦れ違った。

刹那、白刃が鋭い殺気を放って久蔵の背に襲い掛かった。

久蔵は前方に転がって躱し、片膝をついたまま刀を一閃させて背後を廻し斬った。

鈍い音が微かに鳴り、刀が僅かに重くなって抜けた。

血の匂いが湧いた。

久蔵は素早く立ち上がり、振り返った。

擦れ違った浪人が、血の溢れる腹を押さえて立ち竦んでいた。

見覚えのない顔だ……。

久蔵は、浪人が誰か分からなかった。

浪人は茫然とした面持ちで刀を落とし、棒のように倒れた。

行き交う人々がようやく事態に気付き、若い娘が悲鳴をあげた。そして、驚き、恐怖に震える人々の陰には梅次もいた。

浪人の身許は分からなかった。

久蔵は町役人たちに命じ、浪人の死体を南町奉行所に運んで調べた。

「やはり、覚えがありませんか……」

筆頭同心稲垣源十郎は、久蔵に尋ねた。

「ああ、何度見ても、この面に覚えはねえ」

「となると、始末屋かも知れませんな」

始末屋……。

お蝶以外の始末屋も狙っている。

久蔵は稲垣の睨みに頷いた。

勘右衛門は、お蝶以外の始末屋にも久蔵抹殺を命じたのだ。

「大黒天の野郎……」

久蔵は吐き棄てた。


お蝶は、自分の顔色が変わるのが分かった。

「梅次、久蔵を襲った浪人、始末人に間違いないんだね」

「へい。大黒天の元締のところで見掛けた事のある浪人です。きっと元締、秋山久蔵を賞金首にしたんですよ」

賞金首……。

元締の勘右衛門は、久蔵に賞金を懸けて自分以外の始末屋にも始末を命じたのだ。

お蝶は、湧き上がる怒りと屈辱に震えた。

「それにしてもお嬢さま、流石に剃刀久蔵だ。恐ろしいほどの使い手です」

「梅次、私じゃあ敵わないってのかい」

お蝶は苛立ち、梅次を睨み付けた。

「……へい」

梅次はお蝶を見詰め、冷静な眼差しで頷いた。

お蝶は言葉を失った。

梅次が、お蝶に同意しない事は滅多にない。その梅次が、お蝶の言葉を否定したのだ。

「今のままでは、お嬢さまは返り討ちになります」

梅次は哀れみを込めて告げた。

お蝶は唇を噛み締めた。

梅次の言葉に嘘はない……。

血の甘い味がした。

お蝶は、嚙み締めた唇が切れているのに気付いた。

根津権現《ねづごんげん》は参詣客も少なく、静かな佇まいを見せていた。

南町奉行所定町廻り同心神崎和馬は、しゃぼん玉売りの由松と根津権現裏千駄《せんだ》木《ぎ》にある根付師の家に急いでいた。

「旦那、あの家です」

由松は一軒の家に和馬を案内した。そこには托鉢坊主の雲海坊が待っていた。

根付師の老爺《ろうや》は、大黒天の根付を手に取って見廻した。

和馬は雲海坊や由松と息を潜め、老根付師の返事を待った。

老根付師は、眉を寄せて大黒天の根付を見廻し、小さな吐息を漏らした。

「分かったかい、父っつぁん」

雲海坊が身を乗り出した。

「こいつは素人《しろうと》が彫ったもんだな」

老根付師は思いがけない事を云った。

「素人……」

和馬は驚いた。今まで何人もの根付師に大黒天の根付を見せたが、素人が彫った物だと云われたのは初めての事だった。

「ああ。だが、腕は玄人はだし、良い出来だからなかなか見分けはつかねえよ」

「どうして素人だって分かるんだい」

雲海坊が尋ねた。

「どうしてって、大黒天の根付が好きで、自分で彫るようになった年寄りがいてね。儂が手ほどきをしてやった。こいつは、その年寄りが彫った根付だ」

年寄り……。

和馬はようやく出口を見つけた。

「旦那……」

「ああ。どうにか突き止めたようだな」

「へい」

由松が緩んだように笑った。

「旦那、由松、喜ぶのはその年寄りってのを捕まえてからですぜ」

雲海坊が窘めた。

「そりゃあそうだ。父っつぁん、その年寄りってのは、何処の誰だ」

和馬は慌てて老根付師に尋ねた。

「勘右衛門って名前で、確か茶の湯の宗匠《そうしょう》とか云っていたな……」

「勘右衛門……」

和馬は色めき立った。

「どんな人相か覚えているか」

雲海坊が畳み掛けた。

「そりゃあもう見事な白髪頭で十徳を着ていたな」

「雲海坊……」

「ええ、大黒天の勘右衛門に間違いありません」

雲海坊の声も流石に弾んでいた。

茶の湯の宗匠の勘右衛門……。

それが、闇の始末屋の元締・大黒天の勘右衛門の正体なのだ。

「で、父っつぁん、その勘右衛門、何処に住んでいるのか知っているか」

「あの時は、確か神田三河町《みかわちょう》と云っていたと思うが……」

「間違いないな」

和馬が念を押した。

「そう云われたら困るが……」

老根付師は首を捻った。

「和馬の旦那、とにかく神田三河町にいる茶の湯の宗匠を探すしかありませんぜ」

「よし。父っつぁん、造作を掛けたな。礼を云うぜ」

和馬と雲海坊たちは、ようやくつかんだ手掛かりにそれまでの疲れも忘れ、張り切って神田三河町に向かった。

二

香織は与平とお福に見送られ、八丁堀の組屋敷を出た。

岡崎町から楓川に出た香織は、新場橋《しんばばし》を渡って日本橋青物町《あおものちょう》に向かっていた。

青物町には、香織のお針のお師匠さんの家があり、今日はその稽古の日だった。

香織が青物町近くに来た時、伽羅香の香りが背後から漂った。

伽羅香の香り……。

香織がそう思って振り返ろうとした時、背後から匕首が突き付けられた。

「そのまま進んで……」

女が険しい声で命じた。お蝶だった。

香織は云われるままに進んだ。

「私に何用です」

香織は厳しく咎めた。

「その船着場に降りなさい」

お蝶は香織の言葉を無視し、海賊橋の下にある船着場を示した。

香織は船着場への階段を下りる時、突き付けられている匕首を躱して逃げようと試みた。

「無駄だよ」

お蝶は香織に素早く身体を寄せ、冷たく囁いた。

香織は、船着場への階段を下りるしかなかった。

船着場には、手拭と笠で顔を隠した梅次が、屋根船で待っていた。

「乗りな」

お蝶が短く命令した。

香織は、梅次の屋根船に乗るしかなかった。お蝶は香織を乗せ、後ろ手に障子を閉めた。

梅次は香織とお蝶が乗ったのを見定め、屋根船を流れに乗せた。

香織は覚悟を決めた。

屋根船は、楓川から日本橋川に出て下った。

お蝶はようやく香織から離れた。

香織は振り返り、初めてお蝶の顔を見た。

お蝶は伽羅香の香りを漂わせ、妖艶な笑みを浮かべた。

「貴方は誰です」

「お蝶って者ですよ。香織さま」

「お蝶さん……」

久蔵たちが追っている女始末屋なのかもしれない……。

「暫く一緒にいて戴きますよ」

お蝶は冷たく香織を見た。

「私が何をしたというのです」

香織は厳しく問い質した。

「恨むのなら、義兄上さまを恨むんですねえ」

「ええ、南町奉行所与力秋山久蔵、剃刀久蔵の義理の妹になったのが身の不運。そう思って諦めるんですよ」

「では、義兄上に恨みを晴らす為、私を勾《かど》かしたのですか」

「流石の剃刀久蔵も、可愛い義理の妹の命は助けたい筈……」

お蝶は嘲りを滲ませた。

香織は苦笑した。

「何がおかしい」

お蝶は香織の苦笑を咎めた。

「義兄は剃刀久蔵、余計な情けなど容易に切り捨てます」

「あら、そうですか……」

「ええ。私を人質にしてなにをしようとしているのか存じませんが、無駄な事です」

「香織さま、そいつはやってみなければ分かりませんよ」

お蝶は楽しげに微笑んだ。

香織にいきなり不安が湧いた。

梅次の漕ぐ屋根船は、大きく左に曲がって揺れた。

三ツ俣を抜けて隅田川に出た……。

香織はそう読んだ。

屋根船は、香織の読みどおり隅田川を遡っていた。

弥平次と和馬は、神田三河町一帯に茶の湯の宗匠の勘右衛門を探し始めた。

下っ引の幸吉を始めとし、手先の寅吉、長八、雲海坊、由松が神田三河町に散った。

和馬と弥平次は、三河町の自身番を訪れて人別帳を調べ、勘右衛門の存在を突き止めようとした。

江戸の町で暮らす者は、大家に届け出て人別帳に書き記して貰わなければならない。それには、身許を保証する身請け人の請け状が必要だ。人別帳に載らない者は、無宿人として扱われた。

弥平次と和馬は、人別帳を調べ歩いた。だが、茶の湯の宗匠勘右衛門は、なかなか発見できなかった。

酉の刻暮れ六つ。

与平とお福は、戻らぬ香織を心配し始めた。

お針の稽古は一刻。とっくに終わり、帰って来ても良いはずだ。だが、香織は帰って来ない。

与平は、香織が帰ってくる筈の辻まで迎えに出た。そして、僅かな時を待っては組屋敷に戻っていた。

「どうだ、お福。香織さまはお帰りか」

「まだですよ、お前さん」

「そうか……で、旦那さまもまだか」

「ええ……」

香織は帰らず、久蔵も南町奉行所から戻って来ていない。

与平とお福は、大騒ぎをせずに待つしかなかった。

「お福、儂はお針のお師匠さんの家に行って来る」

「ええ……」

与平は血相を変え、夕暮れの町に飛び出して行った。

「お嬢さま……」

お福の不安は募った。

愛宕下一関藩江戸上屋敷の裏門から中間の金八が出て来た。

中間の金八は、町医者瀬川順庵を斬った藩士伊丹倉之助が青山の下屋敷詰になったのを、神明の平七に教えてくれた酒好きの中間だ。

金八は、芝口三丁目にある馴染みの居酒屋を訪れた。

居酒屋の店内は、仕事の終わった職人や人足たちで賑わっていた。金八はいつもの場所に座り、酒を飲み始めた。

「美味え……」

酒は金八の五臓六腑《ござうろっぷ》に染み渡った。

「邪魔するよ」

着流しの侍が、銚子を手にして隣に座った。

蛭子市兵衛だった。

「へ、へい……」

金八は脇に寄り、座を空けた。

市兵衛はそこに座り、金八に銚子を差し出した。

「一杯どうだ」

「旦那……」

金八は浮かぶ戸惑いを、笑いを造って誤魔化《ごまか》した。

市兵衛は、金八の猪口に酒を満たした。

「ありがとうございます。じゃあ旦那、あっしも……」

金八は自分の銚子を差し出した。

「おお、すまないね」

市兵衛は金八に酒を注いで貰い、飲み干した。

「よし、これでお隣さんの挨拶は終わりだよ」

「へい……」

金八は安堵の笑みを浮かべた。

市兵衛は苦笑し、手酌で酒を飲んだ。

「ところで金八……」

「旦那……」

金八は驚いた。着流しの侍とは初対面の筈だ。それなのに自分の名前を知っていた。金八は驚かずにはいられなかった。

「お前の噂は、神明の平七から聞いているよ」

「神明の平七親分……」

「ああ……」

「じゃあ旦那は……」

市兵衛は頷き、懐の十手をちらりと見せた。

金八は小さく身震いした。

「金八、美味い酒を飲みたかったら、私の訊く事に素直に答えるんだね」

「へい……」

「上屋敷に出入りを許されている商人や職人たちがいるだろう」

「へい、大勢おります」

「そういう者たちの中に、留守居役の田之倉兵衛さんと親しいって奴はいないかな」

「田之倉さまと親しいものですか……」

「ああ、妙に親しいって奴だよ」

市兵衛は、田之倉兵衛と大黒天の勘右衛門を繋いだ奴を突き止めようとしていた。

そいつを見つけて締め上げれば、大黒天の勘右衛門の正体は割れる。

「どうだ、覚えはないかい」

市兵衛は手酌で酒を飲み、世間話でもするように尋ねた。

「はあ……」

金八は酒を口に含み、出入りしている商人や職人たちの顔を思い浮かべた。

「女将、酒を二本、頼むよ」

市兵衛は金八を急《せ》かせず、のんびりと酒を頼んだ。

「按摩《あんま》の徳《とく》の市《いち》かな……」

金八がぽつりと呟いた。


久蔵は、八丁堀沿いの道から組屋敷街に入った。行く手にある秋山屋敷の門前には、提灯の明かりが不安げに浮かんでいた。

異変が起きた……。

久蔵は足を速めた。

与平が提灯を手にし、心細げに辺りを見廻していた。

「どうした、与平」

久蔵は静かに声を掛けた。

「だ、旦那さま……」

与平は今にも泣き出さんばかりに顔を歪め、久蔵に駆け寄った。

「何があった」

久蔵は与平の狼狽を煽《あお》り立てないよう、落ち着いた声音で尋ねた。

「お嬢さまが、香織さまが……」

与平は、久蔵の顔を見て緊張の糸が切れたのか、その場に座り込んだ。

異変は香織の身に起こった……。

「しっかりしろ、与平」

久蔵は与平を抱きかかえ、組屋敷に入った。

香織は行方知れずになった。

勾かし……。

久蔵の直感がそう囁いた。

「それで与平、何か繋ぎはあったのか」

「いいえ、まだ何も。ですが旦那さま、香織さまが何の連絡もなくお戻りになららないなんて今までございません」

与平お福夫婦は、香織の身に不吉な事が起きたと思い込んでいる。

「そうだな……」

香織は明るく賢い娘であり、義兄久蔵の役目をよく理解している。その理解は、慎重さと周囲への気配りに結び付いていた。

香織に限り、与平やお福に無用な心配を掛ける筈がない。

与平とお福は、香織がいつもの時間にいつもの通りにお針の稽古に行き、途中で行方知れずになったと、涙を零した。

「与平お福、この事を他の者に云ったか」

「いいえ、旦那さまが常々仰っていたように誰にも……」

町奉行所与力の久蔵は、誰に恨まれているか分からない。恨みは久蔵だけに止まらず、家族や親しい者にも及ぶ事もある。だが、それを恐れては、役目は果たせない。

久蔵は常々、香織や与平お福夫婦に何があっても騒ぎ立てるなと命じていた。騒ぎ立てれば、敵に弱味を晒し思う壺に陥る。

与平とお福は久蔵の命令を守り、香織が行方知れずになった事実を誰にも告げず、二人だけで耐えてきたのだ。それは、辛く恐ろしい時だった。

「与平お福、良くやってくれた。後は俺がやる。ま、安心していな」

「はい……」

「旦那さま、お嬢さまを何としてでもお助け下さい。お願いにございます」

与平とお福は堪えていた涙に塗れ、久蔵に必死に手を合わせた。子供のいない老夫婦にとり、香織は主筋《しゅうすじ》ではあっても可愛く優しい娘だった。

「与平お福、香織は俺たちの大事な家族だ。必ず無事に助け出すぜ」

久蔵は与平とお福を励ました。

抜き払った刀は、行燈の明かりに鈍く輝いた。

白刃の鈍い輝きは、久蔵を落ち着かせた。

迂闊だった……。

久蔵は悔やんだ。

香織を勾かしたのは、始末屋なのに間違いない。

狙いは俺の命……。

香織を人質にし、久蔵の命を奪う企みなのだ。それが、大黒天の勘右衛門かお蝶の仕業なのかは分からない。いずれにしろ、敵は久蔵の最も弱いところを突いてきたのだ。

香織の面影が、白刃の鈍い輝きに浮かんだ。

「香織……」

久蔵はそっと呟いてみた。呼び慣れている名は、いつもとは違う響きを感じさせた。

何としてでも助ける……。

久蔵は白刃の輝きに呟いた。

小さな燭台の灯りは、部屋の隅にいる香織を仄かに照らしていた。

香織は手足を縛られ、板壁に寄り掛かっていた。

板壁の外からは、水の流れる音が聞こえていた。

隅田川の流れ……。

家の外には隅田川が流れている。

梅次の漕ぐ屋根船は、お蝶と香織を乗せて隅田川を遡った。そして、向島水神近くの岸辺に着いた。岸辺には小さな桟橋があり、簡易船着場と云えた。

お蝶と梅次は、香織を屋根船から降ろして雑木林の傍の百姓家に連れ込んだ。
百姓家は空き家だったものを譲り受け、梅次が暮らせるように手入れをしていた。
お蝶と梅次は、元浜町の家に火を放って此処に逃れて来ていたのだ。
香織は縛られ、百姓家の奥の部屋に閉じ込められた。
小さな燭台の灯りは、部屋の中を仄かに照らしている。
香織は、燭台の灯りに久蔵の顔を思い浮かべた。久蔵は香織を励ますように笑った。
義兄上……。
久蔵の笑顔は、香織に落ち着きを与えてくれた。
与平とお福の顔も浮かんだ。二人は心配に震え、泣いていた。
与平、お福……。
二人は香織の身を心配し、泣いているのに違いない。
香織は詫びた。
板戸が開き、伽羅香の香りが漂った。
お蝶が、握り飯と竹筒にいれた水を持って現れた。
今すぐ私を殺す気はない……。

香織はそう判断した。

お蝶は香織に握り飯を食べさせ、水を飲ませた。

「貴方が大沢欽之助さんを手に掛けたのですね」

香織がいきなり尋ねた。

お蝶は香織の率直さに戸惑い、言葉に詰まった。

「何故、始末屋なんて仕事をするようになったのですか」

香織は、お蝶が始末屋になった理由を知りたかった。

「そんなこと、知りたいのですか……」

お蝶は戸惑いを隠し、態勢を立て直そうとした。

「ええ……」

香織は無邪気な笑みを見せた。

お蝶は思わず苦笑した。

「どうして始末屋になったのですか」

香織は再び尋ねた。

「香織さま、こうみえても私は武士の娘でしてね」

「やっぱり、そうでしたか」

香織は頷いた。

「やっぱり……」

お蝶は、怪訝な眼差しを香織に向けた。

「ええ。人を殺める始末屋。町方の女には出来ない生業です。だから、きっと武家の出だろうと思っていました」

香織は、自分の推測が当たったのを素直に喜んだ。

「香織さま、私の父はお仕えしていた殿様の御乱行を止めようとして怒りに触れ、手討ちにされてしまったんですよ」

お蝶は悔しげに吐き棄てた。

香織は少なからず驚いた。

「それから、母や妹とお屋敷を追い出されましてね……」

お蝶は、遠く過ぎ去った日々を思い出した。

「同じです」

香織は思わず口走った。

「同じ……」

お蝶は怪訝に香織を見た。

「お蝶さん、私の父もお殿様の辻斬りを止めようとし、理不尽に斬られたのです」

香織は興奮していた。

香織の父親、笠井藩江戸詰藩士北島兵部《きたじまひょうぶ》は、辻斬りの悪行に走った若殿を諫めて手討ちに遭った。久蔵は香織を引き取り、笠井藩を追い詰めて若殿を廃嫡に持ち込んだ。そして、香織に父親の仇《かたき》を討たせた。

「同じなんです」

香織は、お蝶の手を握らんばかりに声を弾ませた。

「同じ……」

お蝶は言葉を失った。

「はい。それで私は天涯《てんがい》孤独《こどく》の身となり、既に亡くなっていた姉の嫁ぎ先の秋山家に引き取られたのです。お蝶さんと私は、同じなのです」

「違いますよ……」

お蝶は苦笑し、香織の言葉を否定した。

「違う……」

香織は戸惑った。

「香織さま、お前さんには天涯孤独になっても秋山久蔵がいた。でも、私には病勝ちの母と幼い妹しかいなかった。十六歳だった私は、母と妹の幸せを願って身を売るしかなかったんですよ」

「身を売った……」

「……そして、軽業一座の親方に身請けされましてねえ」

お蝶は己の運命を嘲笑った。

「それからの私には、いろいろありましてねえ……。親方が死んで、気がついたら始末屋になっていたんですよ」

お蝶は、香織の想像も及ばない壮絶な過去を背負っているのだ。

「お蝶さん……」

「だから、私は香織さまと同じなんかじゃあない……」

「でも……」

「香織さま、たとえ父親を同じように亡くしていても、今の貴方は町奉行所与力の義理の妹でお嬢さま。私は秋山久蔵の命を狙っている始末屋なんですよ」

お蝶は微笑んだ。冷酷さの秘められた微笑みは、凄絶な美しさを見せた。

「お蝶さん……」

「香織さま、もうやり直しはきかないのです」

お蝶は香織を拒否した。

香織は言葉を失った。

お蝶は香織の手足の縛《いまし》めを確かめ、小さな燭台の灯を消し、部屋から出て行った。

香織は暗闇に包まれた。

隅田川の流れる音は、闇の中に鮮明に響いてきていた。

「義兄上……」

香織は不安に震えた。


障子は仄かな明るさを帯び、小鳥の囀《さえず》りが聞こえてきた。

久蔵は短い熟睡の時を終え、眼を覚ました。

香織は帰らなかった。

おそらく香織を勾かした始末屋は、久蔵に繋ぎを取ってくる。

一人で片を付ける……。

久蔵は、香織を勾かした始末屋と一人で対決する事に決めた。

与平とお福は眠れぬ夜を過ごしたのか、いつもより早く起き出した。

お福は竈に火をいれ、与平は表の掃除に行った。

「旦那さま……」

与平の切迫した声が久蔵を呼んだ。

来たか……。

久蔵は蒲団を蹴り、跳ね起きた。

三

与平は銀簪《ぎんかんざし》に結ばれた投げ文を手にし、久蔵の部屋に駆け込んできた。

「お嬢さまの銀簪です」

与平は震えていた。

久蔵は結び文を素早く解いた。

結び文には、香織の命を助けたければ、卯《う》の刻六つ向島の水神に久蔵一人で来い、と記されていた。

読みの通りだ……。

久蔵は嘲笑を浮かべた。

香織の銀簪に結ばれた文は、おそらく夜明け前に投げ込まれたのだ。

「旦那さま、香織さまは……」

「無事だよ」

「良かった……」

「与平、出掛ける。湯漬けを仕度しろ」

与平は返事をし、部屋を飛び出した。

久蔵は庭に下り、下帯一本になって井戸の水を浴びた。


寅《とら》の刻七つ過ぎ。久蔵は網代笠を被り、着流し姿で組屋敷を出た。夜の冷たさが残る八丁堀の朝は、久蔵に心地良かった。

久蔵は亀島川の船着場に行き、猪牙舟を借りて漕ぎ出した。

川面に漂う霧が大きく揺れた。久蔵の漕ぐ猪牙舟は、新大橋を潜って隅田川を遡った。

朝の隅田川には、野菜や魚を積んだ荷船が行き交っていた。両国橋が行く手に見えてきた。両国橋の傍には神田川があり、柳橋が架かっている。その柳橋に船宿『笹舟』がある。

『笹舟』の船着場では、勇次たち船頭が船の仕度をしていた。

久蔵は、香織の救出に弥平次たちの力を借りるつもりはなかった。

香織勾かしは、秋山家の事であり、久蔵の家族の事なのだ。たとえ、久蔵が与力として扱っている事件と絡んでいるとしても、それがはっきりしない限りは一人で動かなければならない。

久蔵は『笹舟』を避け、猪牙舟を進めた。


久蔵の猪牙舟は、浅草御蔵、駒形堂、竹町之渡を過ぎ、吾妻橋を潜った。

その時、吾妻橋の橋番が、猪牙舟を漕いで行く久蔵に気がついた。

橋番は橋番小屋に戻り、眠り込んでいる神明の平七に声を掛けた。

「親分、妙だよ」

「どうしたい……」

平七は眠い眼をこすって起きた。平七と庄太は、お蝶と梅次の行方を追って歩き廻っていた。そして、夜遅くなり、吾妻橋の橋番小屋に泊めて貰っていた。

「南町の秋山さまが、向島に向かって行ったよ」

「秋山さまが……」

「ええ、自分で猪牙を漕いでね」

「笹舟の猪牙じゃあねえのかい」

「ええ……」

平七は眉を曇らせた。

久蔵が『笹舟』の舟を使わず、自分で猪牙舟を漕いで隅田川を遡って行った。

それは、柳橋の弥平次にも告げていない行動なのだ。

何かある……。

平七の眠気は、いつの間にか消え失せていた。

久蔵の猪牙舟は、御三家水戸藩江戸下屋敷の傍を抜けて向島に入った。そして、桜並木で名高い向島の土手沿いに進んだ。

久蔵は水神の手前、寺島村《てらじまむら》の渡し場に猪牙舟を着けた。

水神は隅田川の総鎮守《そうちんじゅ》であり、船頭たちの信仰が厚かった。

久蔵は猪牙舟を降り、川岸伝いに水神に向かった。

窓のない暗い部屋に、朝の冷ややかな風が忍び込んでいた。

外からは、櫓の軋《きし》む音と小鳥の囀りが聞こえてくる。

夜が明けた……。

香織は、手足を縛った縄を何とか解こうとしていた。だが、縄は僅かな緩みもみせなかった。

板戸が開けられ、お蝶が伽羅香の香りを漂わせて入って来た。

香織は僅かに緊張した。

お蝶は冷たく笑い、匕首を抜いて香織の足を縛った縄を切った。

「さあ、一緒に来て貰うよ」

お蝶は香織を立たせた。

香織は強張った足をよろめかせ、懸命に立ち上がった。

水神は木洩れ日の煌めきを浴び、ひっそりと建っていた。

近くにある寺の鐘が卯の刻六つを告げた。

お蝶は香織を後ろ手に縛り、水神にやって来た。

義兄上……。

香織は久蔵を探した。だが、久蔵の姿は見えなかった。

お蝶が水神を見詰め、立ち止まった。

香織は緊張し、お蝶の視線を辿った。

水神の陰から、網代笠を被った久蔵が現れた。

「義兄上……」

香織は思わず叫び、駆け寄ろうとした。だが、お蝶がそれを許さなかった。

久蔵は網代笠を取り、香織に微笑み掛けた。

「香織、迷惑を掛けちまったな」

「いいえ……」

「ま、馬鹿な兄貴を持ったのが、身の不運と諦めてくれ」

義兄上……。

香織の胸に熱いものが込み上げた。

お蝶が静かに息を整えた。

「秋山久蔵……」

「お蝶、大沢欽之助を殺った始末屋は、お前だな」

久蔵はお蝶を鋭く見据えた。

「久蔵、次はお前さんだよ。刀を置きな」

お蝶は、香織を連れてゆっくりと風上に動いた。

「さもなければ、香織の命はない……」

お蝶は、香織の喉元に剃刀を突き付け、尚も風上に動いた。

久蔵は刀と脇差を腰から抜き、水神の階《きざはし》に置いた。その時、風上から伽羅香の香りが漂ってきた。

伽羅香……。

久蔵は微かに焦った。

お蝶から漂う伽羅香の香りは、研ぎ澄まされた五感を僅かだが惑わす。

「ゆっくりこっちに来な……」

お蝶は久蔵の微かな焦りを見抜き、薄笑いを浮かべて指示した。

久蔵は意を決し、お蝶と香織に向かって歩き出した。刹那、短剣が横手から空を切って久蔵に飛来した。咄嗟に久蔵は、手にしていた網代笠で短剣を払い落とした。

木立の陰から現れた梅次が、次々と久蔵に短剣を投げ付けた。

久蔵は飛来する短剣を躱し、懸命にお蝶と香織に近付こうとした。だが、梅次の短剣はそれを許さなかった。

短剣が久蔵の頬を掠《かす》めた。久蔵の頬に剃刀に切られたような傷が走り、血が糸のように滲んだ。

久蔵は思わず怯んだ。

刹那、お蝶が地を蹴って宙を飛び、剃刀を煌めかせて久蔵に襲い掛かってきた。

久蔵の首筋にお蝶の剃刀が迫った。久蔵はお蝶の剃刀を持つ手をつかみ、押されるように背後に倒れ込んだ。

お蝶ともつれ合っている限り、梅次は短剣を投げ付けられない。

「離せ」

お蝶は激しく抗《あらが》った。

久蔵はお蝶の腕を捻り上げ、剃刀を叩き落とした。

「離せ、久蔵……」

お蝶は屈辱と怒りにまみれた。

梅次は慌てた。そして、お蝶を助けようと、短剣を構えて久蔵に突進した。

久蔵はお蝶を放し、背後に跳んで水神の階に置いた刀に走った。

「お嬢さま……」

梅次はお蝶を助け起こし、刀を手にした久蔵と対峙した。

「おのれ、久蔵」

お蝶は香織を盾《たて》に使おうとした。その時、飛び出して来た神明の平七と庄太が、香織を抱きかかえて木立の陰に逃げ込んだ。

平七……。

久蔵は驚き、お蝶と梅次は焦った。

これまでだ……。

梅次は覚悟した。

「お嬢さま、逃げて下せえ」

梅次が叫び、猛然と久蔵に向かって走った。

「梅次」

お蝶が悲痛に叫んだ。

梅次は短剣を構え、久蔵に捨て身で突っ込んだ。

久蔵の心形刀流が、朝の日差しに瞬いた。

梅次は、凍てついたように立ち竦んだ。

「お嬢さま……」

梅次は茫然と呟き、棒のように倒れた。

「梅次……」

お蝶は悲鳴のように叫び、久蔵がいるのにもかかわらず梅次に駆け寄った。梅次に駆け寄ったお蝶は、非情な始末屋というより一人の女だった。

梅次はお蝶の家の下男だった。お蝶の父が死に家が離散した時、梅次は姿を消した。そして、お蝶が軽業一座の親方の妾にされていた時、巡り逢ったのだ。

梅次は軽業一座の親方を病死に見せかけて密かに殺し、お蝶を解き放った。その秘密を知っているのは、お蝶ただ一人だった。以来、梅次はお蝶の影になった。

「梅次……」

お蝶の眼から止《と》め処《ど》なく涙が零れた。

梅次は死んだ……。

次の瞬間、お蝶は梅次の短剣を取り、己の胸を突き刺した。

久蔵に止める間はなかった。いや、仮に止める間があったとしても、久蔵は止めなかったかもしれない。

お蝶は胸元に血を滲ませ、梅次の上にゆっくりと崩れていった。

久蔵は黙って見守った。

「お蝶さん……」

香織が駆け寄り、お蝶の様子を診た。

お蝶の顔には、既に死相が浮かんでいた。

「義兄上……」

香織は縋る眼差しを久蔵に向けた。

久蔵は首を横に振った。

「香織さま……」

お蝶は、掠れた声で香織を呼んだ。

「何ですか、お蝶さん……」

「私には梅次がいました……」

お蝶は微笑んだ。

「梅次が……」

お蝶の目尻から涙が零れた。

「そうですね、お蝶さん……」

お蝶は嬉しげに微笑み、絶命した。

「お蝶さん……」

香織はお蝶の遺体に手を合わせた。

久蔵は黙って見守った。

香織とお蝶の間に何があったのかは知らない。だが、二人の間に通い合うものがあったのは確かだ。

それは何か……。

久蔵は香織に問い質さなかった。

「秋山さま……」

平七と庄太が背後にいた。

「おう、神明の、助かったぜ」

「いえ。お蝶と梅次、香織さまを勾かしていやがったんですか」

「ああ。俺を誘《おび》き出して、始末しようって魂胆《こんたん》でな」

「そうでしたか……」

「それにしても平七、いいところに現れてくれたぜ」

「吾妻橋の橋番の父っつぁんが、秋山さまが猪牙舟を漕いで行ったと首を捻っていましてね。それで……」

「そうかい。橋番の父っつぁんに気付かれるとは、俺も迂闊なもんだぜ」

久蔵は苦笑した。

隅田川を下る荷船の船頭の歌声が、長閑に響いてきた。

茶の湯の宗匠桂田石舟《かつらだせきしゅう》。

神田三河町四丁目の路地奥に住んでおり、一年の半分以上を遊山《ゆさん》の旅に出ていた。

柳橋の弥平次たちの探索の結果、神田三河町に勘右衛門という名の茶の湯の宗匠はいなかった。だが、偽名を使っている可能性がある。弥平次たちは、茶の湯の宗匠たちに逢って一人ずつ確かめて行った。そして、最後に残った茶の湯の宗匠が桂田石舟だった。

弥平次たちは、大黒天の勘右衛門の人相書を石舟を知る人たちに見せて廻った。

石舟を知っている者は、大黒天の勘右衛門の人相書を見て頷いた。

桂田石舟は大黒天の勘右衛門だった。

「親分……」

幸吉は疲れた顔を輝かせた。

「うむ……」

だが、桂田石舟こと勘右衛門は、遊山の旅に出掛けていて留守だった。おそらく、始末屋稼業の時は、元締である大黒天の勘右衛門として小塚原や深川で暮らすのだ。

勘右衛門は、三河町の桂田石舟の家に必ず戻って来る……。

弥平次はそう睨んだ。

「皆、もうひと踏ん張りだ」

弥平次は、手先たちに張り込みを命じた。

昼間は鋳掛屋の寅吉としゃぼん玉売りの由松、夜は夜鳴蕎麦屋の長八と托鉢坊主の雲海坊。そして、幸吉や勇次が、桂田石舟の家の見える乾物屋の二階を借り、昼夜を問わずに監視する事になった。乾物屋の二階には和馬が加わった。

寅吉と長八、そして幸吉や雲海坊は、飴売りの直助のいないのを改めて思い知らされた。それは、和馬や由松、勇次も同じだった。だが、直助のいない淋しさと悔しさは、親分の弥平次が一番感じているのだ。

幸吉と手先たちは直助を偲《しの》び、万全の態勢で張り込みを続けた。

南町奉行所の用部屋には、午後の日差しが溢れていた。

久蔵は市兵衛と弥平次を呼び、お蝶と梅次の死の顚末を伝えた。

「そうですか、大沢を手に掛けた始末屋のお蝶、死にましたか……」

市兵衛は淡々とした反応を見せた。

「それにしても秋山さま、香織さまが御無事でなによりでした」

弥平次は吐息を漏らした。

「ああ、平七のお蔭だよ。それで弥平次、大黒天の勘右衛門の正体、ようやく突き止めたようだな」

「はい。茶の湯の宗匠桂田石舟、間違いございません」

「現れるのを待つしかねえか……」

久蔵は微かな苛立ちを覚えた。

「秋山さま、一関藩の田之倉兵衛に勘右衛門を仲介した者ですがね。どうやら、上屋敷に出入りしている按摩らしいのです」

「按摩……」

「ええ。徳の市と申しましてね。按摩の他に金貸しもしているそうでして、田之倉兵衛のお気に入りだそうですよ」

「そいつは面白え……」

久蔵が冷たく笑った。

「秋山さま……」

「弥平次、勘右衛門を三河町に呼び戻してやろうじゃねえか。市兵衛、徳の市を使ってみるかい」

「心得ました」

市兵衛は薄笑いを浮かべて頷いた。

神田三河町一丁目の湯屋『松の湯』は、江戸城外濠の鎌倉河岸《かまくらがし》に面したところにあった。

市兵衛と弥平次は、柘榴口《ざくろぐち》を潜って湯船に浸かった。

柘榴口とは、湯船と洗い場を仕切る天井からの壁である。その役目は、湯を冷めにくくする為だとされている。

市兵衛と弥平次は湯からあがり、二階にあがった。

湯屋の男湯には二階があり、料金を取って茶を出し、客は碁や将棋などをして寛《くつろ》げた。

市兵衛と弥平次は茶を頼み、片隅で饅頭を食べている按摩の隣に座った。

按摩は徳の市だった。

徳の市は三河町二丁目の長屋に住んでおり、『松の湯』は勿論、茶の湯の宗匠桂田石舟の家にも近かった。

市兵衛と弥平次は、運ばれてきた茶を飲みながら世間話を始めた。

「それで旦那、南町が女の始末屋をお縄にしたってのは、本当ですか」

徳の市の耳が僅かに動き、目玉が瞼《まぶた》の中で市兵衛と弥平次に向いた。

「ああ、梅次って下男も一緒にな……」

「それはそれは。お調べ、厳しいんでしょうね」

「そりゃあ剃刀久蔵の調べだ。死なねえように責めあげて、始末屋の仕組と元締の隠れ家を洗いざらい吐かせるさ」

「出来ますかねえ……」

「配下の同心を手に掛けた始末屋相手だ。情け容赦はない」

「じゃあもう、隠れ家を吐かせているかも知れませんね」

「ああ、明日にでも踏み込むって噂だぜ」

市兵衛と弥平次は、徳の市に聞こえるように囁き合った。

徳の市は残っていた饅頭を口に押し込み、冷めた茶で慌てて飲み込んだ。

湯屋『松の湯』を出た徳の市は、下駄を鳴らして向かい側の鎌倉河岸に行き、町駕籠《まちかご》を雇って乗り込んだ。

徳の市を乗せた町駕籠は、鎌倉河岸から東に進んで日本橋からの往来を横切った。

市兵衛と弥平次は、充分な距離を取って尾行した。

町駕籠は、小伝馬町《こでんまちよう》の牢屋敷の手前を右に曲がり、南に向かった。

夜の町を行く駕籠を尾行するのは、容易な事だ。市兵衛と弥平次は、町駕籠の揺れる提灯を追った。

「このまま進めば、小舟町《こぶなちよう》か小網町か……」

「はい……」

市兵衛と弥平次は尾行を続けた。

町駕籠は小舟町を抜け、東堀留川《ひがしほりどめがわ》に架かる思案橋《しあんばし》を渡ったところで止まった。

徳の市は町駕籠を降りた。そして、町駕籠が立ち去るのを待ち、辺りの様子に耳を澄ました。川の流れる音が、静かに聞こえるだけだった。

徳の市は首に下げていた笛を吹いた。

笛は〝長く、短く、短く、長く〟吹き鳴らされた。

徳の市は、二度、三度と同じように笛を吹き鳴らした。暗い路地から男が現れ、徳の市に駆け寄った。

「徳さん……」

男は信吉だった。

「信吉さんかい」

徳の市は信吉に取り縋った。笛の音は、徳の市が来たという合図であった。

「ああ、どうした」

「お蝶の姐さんが捕まった……」

「なんだと……」

信吉は徳の市の手を引き、暗い路地奥に連れて行った。

市兵衛と弥平次は、思案橋の陰から見送った。

始末屋の元締大黒天の勘右衛門は、路地奥の家にいる……。

市兵衛と弥平次はそう睨んだ。

「どうします」

「さあて、路地の奥がどうなっているのかも、何人いるのかも分からない。そいつを見定めている内に奴らは動くかもしれない。ここは焦らず、企て通りだろうな」

「ええ……」

市兵衛は己の手柄に固執せず、始末屋一味の完全捕縛を優先した。

弥平次は微笑んだ。


路地奥の家には、勘右衛門と信吉の他に二人の浪人と遊び人がいた。

二人の浪人と遊び人は、勘右衛門配下の始末屋だった。

按摩の徳の市は、『松の湯』で聞いた事を勘右衛門に報せた。

勘右衛門は顔色をどす黒く変えた。

「信吉、向島にお蝶と梅次はいなかったんだな」

「へい……」

昼間、信吉は向島の水神に行き、お蝶と梅次がいないのを確かめていた。

「元締、徳さんの話に間違いがなければ、此処も危ないんじゃありませんかい」

信吉は恐る恐る勘右衛門を窺った。

「久蔵の野郎……」

勘右衛門は怒りを露わにしていた。

「元締、此処も危ないのなら、一刻も早く他のところに移るべきだ」

浪人の尾崎《おざき》が勘右衛門に勧めた。

「何しろ相手は剃刀久蔵。元締、今度ばかりは相手が悪かったかもな」

もう一人の浪人田川《たがわ》が冷笑を浮かべた。

「信吉、お蝶と梅次は、始末屋の根城をどれだけ知っているんだ」

勘右衛門は苛立った。

「全部です……」

信吉は俯《うつむ》いた。

勘右衛門は始末人たちと繋ぎを取る為、各所の根城を教えてあった。

勘右衛門は黙りこくった。

「元締、お蝶の知らねえ家に行かねえのならあっしは引き取らせて戴きますぜ」

遊び人の銀造《ぎんぞう》が暗い眼を向けた。

「俺もだ……」

浪人の田川が、刀を持って立ち上がった。

「信吉、今夜中に三河町に戻るぞ」

「へい……」

勘右衛門は、三河町の桂田石舟としての家に戻る事に決めた。

夜の闇に人影が動いた。

「旦那……」

弥平次は暗がりに声を掛けた。転寝をしていた市兵衛が身を乗り出した。

暗い路地奥から現れた男たちが、思案橋の船着場に繋いであった猪牙舟に乗った。

「狸が燻《いぶ》り出されてきたな」

市兵衛は笑った。

「ええ。どうやらそのようですね」

男達は勘右衛門たちだ。

人数は六人……。

その内の一人は按摩の徳の市だ。

勘右衛門たちを乗せた猪牙舟は、船着場を離れて日本橋川を遡って日本橋に向かった。

弥平次は口笛を短く鳴らした。

伝八の漕ぐ猪牙舟が、親父橋《おやじばし》の暗がりからやって来た。

「親分……」

市兵衛と弥平次が、猪牙舟に素早く乗った。

「伝八、先に行った猪牙だ」

「合点だ」

伝八は張り切って猪牙舟を急がせた。

弥平次は、徳の市と信吉が路地奥に消えた後、自身番の番人を『笹舟』に走らせて伝八を呼び寄せていた。

信吉の漕ぐ猪牙舟は、日本橋と一石橋《いちこくばし》を潜って外濠を右に曲がった。

追い詰められた……。

勘右衛門は、日本橋川の暗い川面を見詰めていた。

始末人たちに金を渡して久蔵を狙わせ、江戸から逃げ出す……。

勘右衛門はそう決めるしかなかった。

秋山久蔵は、〝剃刀〟どころか〝疫病神《やくびょうがみ》〟だ。勘右衛門の腹の中は、怒りと屈辱が煮えたぎっていた。

茶の湯の宗匠桂田石舟の家は、夜の静けさに包まれていた。

夜鳴蕎麦屋の長八は、町辻に屋台を開いて見張りを続けていた。そして、乾物屋の二階からは、和馬と幸吉が交代で寝ずの番をしていた。

五人の男が鎌倉河岸からやって来た。男たちは、鎌倉河岸で徳の市と別れた勘右衛門たちだった。

「雲海坊……」

屋台の後ろの暗がりから、仮眠をとっていた雲海坊と由松が顔を出した。

長八が黙って男たちを示した。

勘右衛門たち五人の男は、桂田石舟の家の裏手に入って行った。

「長八さん、雲海の兄貴、白髪頭の爺いだ」

由松は声を上擦らせた。

「ああ、大黒天の勘右衛門だ」

「やっと現れやがった……」

雲海坊は薄笑いを浮かべた。

勘右衛門たちが戻ったのは、和馬と幸吉も見届けた。

市兵衛と弥平次が、乾物屋の二階にやって来た。

「市兵衛さん、親分。今、勘右衛門たちが現れましたよ」

「ああ。親分、もう勘右衛門たちは夜明けまで、動かないだろう。私と和馬は秋山さまにお報せしてくる。此処を頼むよ」

「お任せを……」

市兵衛と和馬は、乾物屋の裏口を出て夜の町を八丁堀に走った。

弥平次は、幸吉と雲海坊に桂田石舟の家の裏手を見張らせ、長八や由松と表を監視した。


八丁堀秋山屋敷に明かりが灯された。

久蔵は市兵衛の報告を聞いた。

「勘右衛門の野郎、夜明けに動くかも知れねえな」

久蔵は嘲笑を浮かべた。

「おそらく……」

市兵衛は頷いた。

「よし。市兵衛、夜明けに打ち込む。稲垣に報せろ。和馬、人数を集めろ」

市兵衛と和馬は返事をし、秋山屋敷を飛び出した。

「義兄上……」

「香織、出かけるぜ」

「はい。与平、お福、義兄上のお出掛けです。湯漬けの仕度を……」

香織は与平とお福に命じた。

久蔵は井戸端で水を被り、香織の介添えで出掛ける仕度を急いだ。

四

丑《うし》の刻八つ半。

夜明けが近付いた。

勘右衛門は、懐から彫り掛けの大黒天の根付を出し、親指の腹でこすった。

彫り掛けの大黒天は、いつの間にか失くした気に入りの根付の代わりだった。

大黒天の根付を失くしてからろくな事がない……。

勘右衛門は、殺した直助が大黒天の根付を奪った事を知らなかった。

「元締……」

信吉が襖の外から呼んだ。

「うむ。今いく……」

勘右衛門は、彫り掛けの大黒天の根付を手拭に挟み、懐に仕舞った。

勘右衛門は、浪人の尾崎と田川、そして銀造の前に切り餅を置いた。

「秋山久蔵を始末する前金二十五両。久蔵を片付けた時には約束通り賞金百両だ」

勘右衛門は、尾崎や田川、銀造に久蔵始末を引き続き命じた。

尾崎と田川、そして銀造は、賞金欲しさに久蔵の始末を競い合う。

三人は切り餅を懐に入れた。間もなく夜が明ける。勘右衛門は町奉行所の手の届かない朱引きの外、熱海《あたみ》の湯治場に身を潜めてほとぼりを冷ますつもりだった。

その時、尾崎が刀を握った。

勘右衛門の身体を緊張が貫いた。

圧倒的な力が押し寄せてくる……。

勘右衛門の五感がそう感じた。

田川と銀造が、素早く外の様子を窺った。

南町奉行所の高張提灯《たかはりぢょうちん》が、夜明け前の空に掲げられていた。

「南町だ」

田川が焦った。

尾崎が裏口に走った。裏手にも高張提灯が林立していた。

「どうやら囲まれた……」

尾崎は顔を歪めた。

勘右衛門は眼を瞑った。

秋山久蔵……。

久蔵は何故、茶の湯の宗匠桂田石舟の家を割り出したのか、勘右衛門には分からなかった。

そこに、久蔵が〝剃刀〟と恐れられている謂れがある。

勘右衛門は、久蔵に対する憎しみと敵意が薄れていくのを感じた。

「どうします元締……」

信吉は怯えていた。

これまでだ……。

勘右衛門は呟いた。

家の周囲の気配が切迫した。

轟音と共に戸口と雨戸の全てが蹴倒され、龕燈《がんどう》の灯りが照射された。

捕物出役の同心たちと捕り方が、幾重にも取り囲んでいた。

筆頭同心稲垣源十郎の捕物出役の采配は、周到で毛筋ほどの隙もない。

稲垣は、長さ二尺一寸鮫革巻《さめがわまき》六角棒身の出役用十手を額に掲げて告げた。

「南町奉行所である。始末屋大黒天の勘右衛門と一味の者ども、南町奉行所同心大沢欽之助を殺した罪は明白。最早逃げ道はない。神妙にお縄を受けろ」

稲垣は怒りを押し隠し、静かに踏み込んだ。

銀造が奇声をあげ、竹筒に仕込んだ細い槍を閃かせて猛然と突っ込んだ。

「手向かうか、下郎」

稲垣は怒声をあげ、長十手を唸《うな》らせた。

銀造は額を割られ、血を飛び散らせて仰け反り倒れた。

同時に、蛭子市兵衛や神崎和馬たち同心が雄叫《おたけ》びをあげて雪崩《なだ》れ込んだ。

尾崎と田川が猛然と応戦し、同心たちを押し返した。

襖や障子が破れて倒れ、壁が崩れ落ちた。

乱闘は家を激しく揺らし、外に流れ出た。

勘右衛門は眼を閉じて座り続けていた。

尾崎と田川は荒れ狂った。

土埃が舞いあがり、血と汗が飛び散った。

市兵衛が、刺叉《さすまた》で尾崎を板塀に押し付けて動きを封じた。捕り方たちが続き、袖搦《そでがらみ》や突棒《つくぼう》が尾崎を押さえ込んだ。尾崎は傷だらけの顔を歪ませ、咆哮《ほうこう》をあげた。

「和馬」

市兵衛は叫んだ。

和馬は雄叫びを上げ、尾崎の刀を握る腕を刃引きの刀で撲った。

町奉行所の捕物出役は、生きたまま捕らえるのが決まりだった。その為に出役用の刀は、刃を引かれたものが使われていた。

和馬は、その刃引きの刀で尾崎の腕を撲り続けた。尾崎は苦痛に呻き、刀を落とした。

市兵衛は、尾崎を刺叉で激しく撲り倒した。

尾崎は地面に叩きつけられた。捕り方たちが倒れた尾崎に殺到し、幾重にも重なり合った。

梯子《はしご》に囲まれた田川は、獣のように唸って刀を振り廻していた。

捕り縄が四方から飛び、田川の身体に絡み付いた。田川は捕り縄を斬ろうと、刀を振り上げた。だが、田川は引き倒された。捕り方たちは、倒れた田川を引きずり廻した。田川は土にまみれて転げ廻った。捕り方たちは、引きずられる田川を取り囲み、六尺棒で容赦なく滅多打ちにした。

田川は絶望的な悲鳴をあげた。


男たちの闘う怒声と物音が響いていた。

眼を閉じた勘右衛門には、遠いところでの出来事のように聞こえていた。

「元締……」

信吉は半泣きで叫んだ。

勘右衛門はようやく眼を開けた。

血塗れの信吉が倒れ込んで来た。

「元締……」

幸吉が雲海坊や由松と追い縋り、信吉を十手で叩きのめした。信吉は悲鳴をあげ、逃げようとした。だが、雲海坊が錫杖で信吉の足を払った。信吉は横倒しに倒れた。由松が飛び掛かり、馬乗りになって撲った。信吉は、既に撲られる痛みを感じていなかった。幸吉たちは、ぐったりとした信吉を手足をつかんで連れ去った。火事羽織に野袴、陣笠を被った侍が、初老の岡っ引を従えて現れた。

「お前が大黒天の勘右衛門か……」

「お役人は……」

「俺かい、俺は秋山久蔵だよ」

久蔵は冷たく笑った。

剃刀久蔵……。

勘右衛門は微笑み、匕首を抜いて久蔵に突き掛かった。

久蔵の鉄鞭《かなむち》が、横薙ぎに風を切った。

勘右衛門は鉄鞭の先で頬を斬られ、横に弾き飛ばされた。元結《もとゆい》が切れ、白髪頭の髷が解けて乱れた。

「もういいじゃあねえか、勘右衛門。年甲斐のねえ真似は止すんだな」

柳橋の弥平次が、倒れている勘右衛門に捕り縄を打った。

勘右衛門は項垂れた。長い白髪が揺れ、頬から赤い血が滴《したた》り落ちた。

久蔵は厳しく見据えた。

夜は白々と明け始め、闘いに昂《たかぶ》った男たちの魂を静かに冷やし始めた。


愛宕下奥州一関藩江戸上屋敷は、昼下がりの静けさに包まれていた。

書院に通された久蔵は、留守居役田之倉兵衛が来るのを待っていた。

上屋敷内に人の声は聞こえないが、緊張した雰囲気が漂ってきていた。

久蔵は待った。

近付いて来る足音は、微かに乱れていた。

久蔵は苦笑した。

「お待たせ致した」

足音の主、田之倉兵衛が書院に入って来た。

田之倉兵衛は、隠しきれない動揺を滲ませて久蔵に対した。

久蔵はそんな田之倉に笑い掛けた。

「して秋山殿、今日は……」

「始末屋の元締、大黒天の勘右衛門を召し捕りましてね……」

田之倉の顔色が変わった。

「それで、いろいろと分かりましたよ」

「いろいろ……」

田之倉は怯えた。

「ああ。町医者の瀬川順庵が伊丹倉之助に斬られた理由。そして、南町の同心大沢欽之助がそれを知って強請りを働き、始末屋の勘右衛門一味に殺された……」

「秋山殿……」

田之倉は堪えられないように遮《さえぎ》った。

「我らは大名家家臣、町奉行所与力のお主には……」

「支配される謂れはないかい」

「左様……」

田之倉は喉を引き攣らせて頷いた。

「だが、始末屋の手に掛かった同心は御家人。支配の目付本多図書さまが、詳しい経緯と始末の報告をしろと云ってきてね」

「お目付が……」

田之倉の顔から血の気が引いた。

目付は旗本・御家人を監察し、評定所《ひょうじょうしょ》の裁きにも出席する。そして、評定所は大名家の問題も裁いた。

目付に乗り出されては、如何《いか》に大名家でも只では済まないのだ。

「ああ、事件の発端、町医者殺しには、大名家の跡目争いが潜んでいると睨んでね」

久蔵は冷たく田之倉を見据えた。

田之倉は言葉を失い、息だけを荒く鳴らした。

「ま、そいつは俺たち町奉行所はどうでも良いんだが、耳に入れておこうと思ってね」

田之倉は項垂れた。

「用ってのはそれだけだぜ。邪魔したな」

久蔵は立ち上がった。

田之倉は見送りの言葉もなく、焦点の定まらない眼を虚ろに泳がせていた。

久蔵は、藩士に見送られて屋敷を後にした。

一関藩江戸上屋敷は暗く沈んでいた。その日の夜、一関藩江戸留守居役田之倉兵衛は、事の真相を道連れに切腹して果てた。そして、一関藩は全ての責めを死んだ田之倉に負わせ、事件の始末に奔走するのだ。

目付の本多図書が、一関藩の跡目争いを評定所に持ち込むかどうか、久蔵は知らない。

久蔵たち町奉行所の役人は、町医者瀬川順庵殺しと南町奉行所定町廻り同心大沢欽之助殺しの真相を突き止め、下手人を捕らえれば役目は終わりだ。だが、下手人である伊丹倉之助とお蝶は死んだ。そして、梅次や矢崎平八郎や喜十たちも死んでしまった。

久蔵たちにとって何よりも辛いのは、飴売りの直助の死んだ事だった。

久蔵は、直助に心の底から手を合わせた。

久蔵は、南町奉行所の御用部屋に柳橋の弥平次と神明の平七を招いた。そして、二人に探索の苦労をねぎらい、褒美《ほうび》の金を渡した。

「秋山さま、あっしたちはお褒めのお言葉だけで……」

「いいじゃあないか、神明の。秋山さまの折角のお気持ちだ。ありがたく戴こうじゃあないか」

弥平次が平七を窘めた。

「親分……」

「平七、喜ぶほどの金じゃあねえ。弥平次の云う通りだ。受け取ってくれ」

「はい。では、ありがたく頂戴して、庄太や鶴次郎と分けさせて戴きます」

平七は畏《かしこ》まって褒美の金を受け取った。

弥平次にしたところで、褒美の金を幸吉や寅吉たち手先、船頭の伝八や勇次に分けてやるのに違いない。

足りるかな……。

久蔵は、思わず心配する自分に苦笑した。

紫陽花《あじさい》は霧雨に濡れ、散る前の美しさを誇っていた。

久蔵と香織は青い蛇の目傘を差し、本所回向院《えこういん》の墓地を訪れた。紫陽花の咲き誇る墓地の隅に、お蝶と梅次は葬られていた。

香織は、お蝶と梅次を一緒に葬るように久蔵に頼んだ。

久蔵は理由を尋ねた。

香織は、お蝶の父親の死の理由を語った。

お蝶の話が本当かどうかは分からない。だが、久蔵は香織の頼みを聞いてやり、検死の終わった二人の死体を回向院に頼み、密かに葬って貰った。

香織はお蝶と梅次の墓に手を合わせ、永代供養料を寺に納めた。

久蔵は手を合わせず、青い蛇の目傘を差して香織のする事を見守った。

どのような理由があろうが、お蝶と梅次は法を破って人を殺める始末屋なのだ。

久蔵は手を合わせる気になれなかった。

「義兄上……」

永代供養料を納めた香織が、境内で待っていた久蔵に駆け寄って来た。

久蔵は、香織に青い蛇の目傘を差し掛けた。

「終わったかい」

「はい。わがままを申してすみませんでした」

「香織……」

「分かっています。お墓参りはこれっ切りです」

久蔵は苦笑した。

香織は、雨を避けるように久蔵に寄り添った。

「さあ、義兄上、与平とお福に心配を掛けた罪滅ぼしに鰻《うなぎ》の蒲焼を買って帰りましょう」

与平とお福は香織が無事に戻った時、言葉もなく涙と鼻水にまみれて泣いて喜んだ。

「ああ……」

霧雨は降り続いた。

久蔵と香織は、青い蛇の目傘を差して参道に向かった。

紫陽花は霧雨に揺れていた。

一次文庫　２００６年９月　ＫＫベストセラーズ
ＤＴＰ制作　ジェイ　エスキューブ

文春文庫

秋山《あきやま》久蔵《きゅうぞう》御用《ごよう》控《ひかえ》

花《はな》始《し》末《まつ》

定価はカバーに表示してあります

2013年1月10日　第1刷
2014年2月25日　第2刷

著　者　藤《ふじ》井《い》邦《くに》夫《お》

発行者　羽鳥好之
発行所　株式会社　文藝春秋

東京都千代田区紀尾井町 3-23　〒102-8008
TEL　03・3265・1211
文藝春秋ホームページ　http://www.bunshun.co.jp
落丁、乱丁本は、お手数ですが小社製作部宛お送り下さい。送料小社負担でお取替致します。

印刷・大日本印刷　製本・加藤製本
Printed in Japan
ISBN978-4-16-780516-6